星辰夜空 I

魔法校园奇遇记

棋汐 著

浙江大学出版社

图书在版编目(CIP)数据

星辰夜空.Ⅰ,魔法校园奇遇记/棂汐著.—杭州:
浙江文艺出版社,2020.3(2021.4 重印)
ISBN 978-7-5339-6031-5

Ⅰ.①星…　Ⅱ.①棂…　Ⅲ.①长篇小说—中国—
当代　Ⅳ.①I247.5

中国版本图书馆 CIP 数据核字(2020)第 031022 号

责任编辑　周佳
内文绘图　艾莫渝工作室
装帧设计　吕翡翠
责任校对　陈玲
责任印制　吴春娟

星辰夜空Ⅰ 魔法校园奇遇记

棂汐　著

出版　浙江文艺出版社
地址　杭州市体育场路 347 号
邮编　310006
网址　www.zjwycbs.cn
经销　浙江省新华书店集团有限公司
制版　杭州天一图文制作有限公司
印刷　浙江超能印业有限公司
开本　880 毫米×1230 毫米　1/32
字数　130 千字
印张　6.25
印数　15001–19000
版次　2020 年 3 月第 1 版
印次　2021 年 4 月第 2 次印刷
书号　ISBN 978-7-5339-6031-5
定价　**25.00 元**

有人说，通过自己的努力，人的命运是可以改变的。

　　也有人说，不同的人的命运，是互相交织在一起的，互相改变，在最美的时候绽放……

　　当各种性格的十二星座女孩聚在一起时，她们之间会发生一些什么样的有趣故事呢？她们在成长中会产生怎么样的互相影响呢？

星梦滢—白羊座

魔法技能：时间停止

星玄枫—金牛座

魔法技能：预知未来

星忆风—双子座

魔法技能：飞来咒

星墨尹—巨蟹座

魔法技能：读心术

魔法技能：调节温度

魔法技能：水魔法

魔法技能：硬化

魔法技能：易容

星枳汐一射手座

魔法技能：飞行

星槿熙一摩羯座

魔法技能：制造结界

星于尊一水瓶座

魔法技能：隐身

星觉轩一双鱼座

魔法技能：瞬移

目 录

第一章
初来乍到

每个班只有十二个学生，都是不同的星座，最奇妙的是，一个班的同学们的姓氏都是一样的！

初秋的小镇是很美丽的，更何况遇上了像今天这样的好天气。晴天，暖洋洋的。蓝天也非常清澈，虽称不上万里无云，但这些云也都飘浮得恰到好处，是棉花糖似的可爱的云。叶子慵懒地趴在枝头，对什么时候掉落毫不关心，一副随意的态度。不过叶子们真的很漂亮，红的、黄的、绿的，呈现柔和的杂色，每一片都像承载着一个故事似的。我们不妨想象，每当一片叶子掉落时，一个新的故事就开始了。

一片叶子落地了。

"哎呀，知道啦知道啦！我保证到那边乖乖的！我知道，不就是……"一个清亮好听的声音从一幢居民楼里传出来，跟在后面的是"嘭"的一声关门声。不一会儿，一个扎着两条棕红色麻花辫的女孩拖着行李箱，从楼道里跳了出来。

女孩一副朝气蓬勃的样子，东跑跑，西跳跳，有时候甚至还会转几个圈儿。大概两分钟后，她才在邻近的另一幢居民楼前停了下来。

"墨尹！墨尹！"她大喊。可惜，楼上没有任何反应。她蓝绿色的眼珠滴溜溜一转，又用右脚踮着地转了几圈，像是在积蓄什么似的。突然，她停了下来，用极其响亮的嗓音大喊一声：

"星墨尹！"

"好啦，来啦来啦！"楼上的一扇窗户终于打开了，一个透着不耐烦的女声传了出来。

女孩满意地一笑，站上了绿化隔离带的水泥牙子，试着保持平衡，项链上银色的射手座吊坠一闪一闪的。

"棋汐！"扎着蓝紫色双马尾辫的墨尹也拖着行李箱下了楼，"你买的那东西是什么？"

"项链。"星棋汐的眼睛没有离开脚下细细的水泥牙子，"你呢？"

"小礼帽。"墨尹晃了晃头上的巨蟹座小礼帽，"不知道于荨买的是什么。"

"待会儿不就知道了吗？"棋汐说道，"我们打车去机场，很快就能到。"她走下绿化隔离带的水泥牙子，挽上墨尹的胳膊，向前走去。

"你说星子魔法高校是怎么样的呢？我们真的会魔法吗？"墨尹问道。

"怎么样的我不知道，大概就比普通学校多了个魔法课吧！至于我们……应该吧，我们天生就有不同于常人的发色，而且我听说每个人都有与生俱来的一种魔法……"椋汐甩了甩两条棕红色的麻花辫，"不知道我会什么魔法。"

"对啊，我也很期待！"墨尹赞同地点点头，不禁加快了脚步。

"会魔法可真是奇妙！这个学校里的学生都是像我们一样会魔法的。"椋汐根据昨天晚上在电脑上看到的资料侃侃而谈，"每个班只有十二个学生，都是不同的星座，最奇妙的是，一个班的同学们的姓氏都是一样的！所以说，我们是一个班的，星于荨也是哦！而且，每个班要不全是女生，要不全是男生，所以，一个班的同学住一个宿舍。"椋汐显摆完毕。

"哇哦，那一定很棒吧！听说，那边的校园环境很好。只是不知道十二个人住一个宿舍，会不会很乱啊……还好我带的行李比较少。"墨尹神情略显凝重地点点头，"机场到了！于荨已经来了吧？"

"咦，这么快就到了？离起飞还有一个多小时呢！我们可以好好玩玩了！"椋汐凡事都可以想到"玩"。

"也没什么好玩的，除了机场的手推车。还是先打个电话给于荨吧。"墨尹轻声建议。

"好。"椋汐掏出手机，熟练地拨打于荨的号码，"喂，小瓶子……什么什么？你在过安检啦？在哪里啊……我们来了来了。"

"她都在过安检啦,我们快点儿过去!"桭汐和墨尹推着放行李箱的手推车往安检处走去。

"嘿,小瓶子!"桭汐一看到于荨的身影,就径直向安检的队伍冲过去,幸好她在"玩"这方面非常擅长,手推车不偏不倚地停在了星于荨的左边,这可把于荨吓了一跳。

"你买了什么东西啊?我的是项链,墨尹的是小礼帽。"桭汐一副天真样儿,歪着脑袋看着于荨。

"胸针。"于荨敲敲胸前的水瓶座胸针,指关节和古色古香的青铜色胸针碰撞,发出沉闷的声音。

"老瓶子!"墨尹拍拍于荨的肩膀,"让咱插个队!"

于荨打算向后退退。

"喂喂喂!前面的想插队是吧!"队伍的后面响起一个略带怒气的声音。

桭汐和墨尹转身一看,一个有着深蓝色眼睛的女孩正撇着嘴瞪着她们。

"喂……"桭汐刚想去争论一番,可话一出口就停了下来——考虑到对错问题,好像还是自己理亏呀!

墨尹哑口无言,纵使自己再怎么厉害,也还得落个"插队"的恶名,确实是自己有错在先。

"算了算了。"墨尹一脸不耐烦地走到了队伍的后面。

"可是……"桭汐觉得应该吓吓这个长发女孩。

她把手推车推到队伍的后面,然后面带微笑地走上前去。"你叫什么名字?"她笑眯眯地问道。这种时候,被问的人通常会心慌害怕,担心被报复又不好意思不说。

没想到女孩猛地一甩头，亚麻色的及腰长发一下子甩到了榢汐的鼻子，她微笑着回答："星菀婷。"

"你你你……"屡试不爽的一招失去了效用，榢汐气得几乎说不出话来，鼻子"唰"地红了。

"你的耳环真漂亮。"为了掩饰自己的怒气，榢汐硬是接上了这句话。

这个女孩的耳环确实漂亮，有镶着水钻的银色狮子座标志。墨尹在看热闹的同时，也不忘观察观察这个女孩。

对了！墨尹的眼睛顿时睁大，这个女孩，叫星菀婷；这个女孩，有着亚麻色的长发；这个女孩，有着深蓝色的眼睛；这个女孩，戴着星座首饰！这个女孩极有可能和她们同校，甚至是同班！

"这位……同学！"星墨尹走上前，"请问，你是要去星子魔法高校吗？"

女孩愣了愣，问道："你怎么知道？"

"哦！新同学……新同学！你好啊！你刚才说你叫菀婷是吧！我叫榢汐，她叫墨尹，前面的是于荨……"榢汐一反应过来眼前的女孩是自己未来的同学，就高兴得不得了，一下子把刚才的不愉快抛到了脑后。

"还真的是啊！我猜得好准啊！我猜得准吧！"墨尹斜睨着眼得意地看向榢汐。"小瓶子！老瓶子！小瓶瓶！咱们又找到了一个未来的同学啦！"她兴奋地叫着安检完的于荨。

于荨用一种非常感兴趣的眼神打量着菀婷，一看到她的耳环，于荨就知道：这是个狮子座的家伙。

安检的队伍一点点向前挪动，菀婷因为包里的半瓶矿泉水被耽搁了半分钟，要不是因为这样而和棂汐、墨尹分开，她恐怕就要被她们给烦死了。

因为于荨比棂汐和墨尹早买机票，所以她们仨没能买到连在一起的座位。不过，棂汐和墨尹是邻座，而于荨距离也不远，就在她们前面。

三个一排的位子，三个好姐妹却没能坐在一起，用棂汐从《魔法灰姑娘》里面看到的话来说，就是"可凄惨了"。好在棂汐幸运地坐到了靠窗的位子，不然，她必会以此为话题，念叨上半个小时的"可凄惨了"。墨尹就在她边上，坐在中间的位子，右边坐着的是一个有着淡黄色长发的仿佛同龄的蓝眼睛女孩，眉宇间透露着一丝稚气、一丝顽皮。墨尹觉得，棂汐和这个女孩应该比较合得来，她们的眉宇间透出相似的气质。只不过，棂汐稚气少，顽皮多；那个女孩则稚气多，顽皮相对少一些。

飞机起飞了，墨尹对此已经习以为常，她出去旅游的机会很多。棂汐正一边看着窗外，一边神色紧张地嚼着金银花味的口香糖。棂汐很少踏出小镇，她喜欢自由，但是她对于劳累旅途的讨厌大大超过了对于自由的向往。

飞机终于平稳下来，墨尹看看右边的女孩，她似乎对一切都非常好奇——特别是对刚才送过来的免费早餐。

墨尹低头看看自己的那份，感觉没什么食欲。小桌板上放着一个有三个格子的塑料饭盒，一个格子里摊着一个干巴巴的煎鸡蛋，一个格子里躺着两块明显是从真空包装里取出来的面包，另一个格子里放着一包苹果干。饭盒的旁边，是一小盒果汁。她看看棁沙，棁沙把苹果干和鸡蛋夹在面包里，正往嘴里送。她又看看右边的女孩，她没有开吃，而是死死盯着那个饭盒。她又看看前排的于荨，她正一样一样、一口一口地吃过来。

墨尹迅速消灭了果汁——这算是看上去最美味的了。然后，她把面包蘸着剩下的果汁吞了下去。鸡蛋的蛋白被她吃了，蛋黄则因为太干而被嫌弃。至于苹果干……看上去可不怎么好吃。

墨尹吃完后，又看看那个女孩，她还是没吃，倒是按下了呼唤空姐的按钮。

"您好，有什么可以帮助您的吗？"不一会儿，漂亮的空姐就面带微笑地走了过来。

"我要八杯奶精。"女孩毫不犹豫地说道。

"……请问，那么多奶精……"空姐显得非常纳闷。

女孩一脸天真无邪地望着空姐。

"……请稍等。"空姐看上去很无语。

奶精是一种调味剂，通常加在咖啡里，一般不会加很多。可是，这个女孩要了八杯……八杯，和一杯咖啡的量差不多……墨尹十分纳闷，不过至少有了一件好玩的事，她非常感兴趣地注视着旁边的座位。

不一会儿，八杯奶精就送到了邻座的小桌板上。那个女孩显得很高兴，从包里拿出一个塑料杯，把奶精统统倒了进去，然后，又把果汁加了进去。

女孩把这一杯"新物质"一口气喝了下去，喝完还满意地舔舔嘴唇。

星墨尹惊呆了……

突然，前排座位上探出一个长着淡蓝色头发的脑袋，直愣愣地看着墨尹右边的女孩。

"梦渲，你恶不恶心啊！"前面的女孩一脸嫌恶地看了看那个女孩的杯子，杯底还剩了一点儿，"这就是你的魔法吗？这么恶心？"

"星露渲，你的魔法才恶心呢！"旁边的女孩撇撇嘴，淡蓝色的眼睛不满地看着前排的女孩。

"星子魔法高校怎么会给你发来录取通知书？发错了吧！"前排的女孩笑了笑。

"你的通知书才是发错的呢！"

椋汐、墨尹和于荨面面相觑。不会吧，这么巧？又遇到了同学？还是两个？

椋汐仔细地在两名"嫌疑人"身上搜寻星座标志。

梦渲的标志是一枚透亮的白羊座戒指，很漂亮。椋汐不禁低下头看了看自己闪闪发光的射手座项链，嗯，也不比她的逊色。露渲的标志也是戒指，是同一款式的天秤座。不过她们仨这次不打算打招呼了，折腾了这么久，她们有些累，不想再去提前结识肯定会结识的人。

椋汐望望窗口，层层叠叠的白云已经变少了，下方是一条闪着金光的大江，隐约可以看到江上的货船。

"快降落了，把东西都收起来吧。"椋汐提醒墨尹，转过头一看，发现反应极快的墨尹已经收拾得差不多了。收好小桌板，两人开始专心致志地俯视美丽的魔法镇。

飞机离地面越来越近，魔法镇的面貌也渐渐清晰了起来。涂有各种鲜艳颜色的屋顶围绕镇中心的广场，由内而外一圈一圈排成蛛网似的格局，外围也有许多房子，再往外就是那条金光闪闪的大江了。星子魔法高校就坐落在江边，不算很大，但是目测绿化很好，校园的主色调是蓝色、紫色和绿色。

不知道是不是因为在飞机上坐得太久了，于荨刚踏上魔法镇的土地，腿就有点儿软了，差点儿没摔倒。这可是件令人激动的事！从小到大，于荨旅游的次数数也数不清，但她还是第一次离开父母独自到这么远的地方，并且一待就是一学期！一出飞机场，她就率先为姐妹们打了车，一路直奔星子魔法高校。

毕竟是新生入学的日子，学校的门口异常热闹。青铜拱门上，不知被哪一位手法苍劲有力的大师刻下了深深的一行字：星子魔法高校。

青铜栏杆上缠满了绿油油的蔷薇藤，可以想象花开之时是怎样的一派景象。校门口站着好多人，有老师，有高二高三的学长学姐们，他们热情地接待着每一个怯生生的新生，为他们指路。路旁摆着许多小桌子，上面或多或少立了几块牌子，这是社团在"招兵买马"。为了"收买人心"，他们真是想出了不少招数，有的在桌子上系上一大串氢气球，有的到处散发带有社团标志的笔记本。椋汐感觉简直是在逛嘉年华，这里拿走一块蛋糕，那里抱走一个小玩具。她也不是"只吃不报"，在收下手工社的一个花篮后，椋汐毫不犹豫地在人家的名单上潇潇洒洒地签上了自己的大名。如此东奔西跑一圈，刚进校门时的胆怯就完全消失了。

墨尹也在小路上随着椋汐跑来跑去，她报了摄影社，一半的原因是吃了人家太多的三明治。于荨报了美术社，收获了一支毛笔。至于中饭，她们已经完全吃不下了。

在校园里，她们撞见了狮子座的星菀婷，又看到了白羊座的星梦渲和天秤座的星露渲。因为人太多，很拥挤，她们没能走近打招呼。

椋汐和墨尹在前面蹦蹦跳跳，椋汐跑跑歇歇，看到有意思的东西就冲过去凑热闹，嘴里还大声唱着歌。于荨呢？她紧紧拉着椋汐的右手和墨尹的左手，要不然她根本跟不上！

依靠路标和所谓的"第六感"，她们找到了开学报到的地方。

报到的方式很奇怪，跟面试似的，学生需要依次进入一个房间，没轮到的就坐在门外的长椅上。

她们来得有点儿晚了，进去的时候，长椅上只坐着一个戴着眼镜的女孩。椋汐、墨尹和于荨依次坐到了后面。于荨不禁打量起了这个虹膜呈墨绿色的女孩。她有点儿瘦，肤色很白，嘴唇的颜色也偏白，呈现出一种淡粉色。好在栗色的短马尾和深粉色的眼镜让她整体的色调温暖了一点儿。说到眼镜，这眼镜还真是别致，上面居然有一个银色的双鱼座标志。真想不到，还会有人把学校要求的"星座标志"弄得这么……别出心裁。

"星菀轩！"门打开了，一个男孩走了出来，同时里面飘出了这句话。于荨猜想，这应该是叫最前面的那个女孩的。可是那个女孩丝毫没有要站起来的意思，而是依然用手托着下巴，不知道在想些什么。

"星菀轩！"里面又叫了一声，可女孩还是没有动静。

椋汐看不下去了，她推了推前面的女孩："喂，叫你呢！"可她似乎用力过度了，一下子把星菀轩推到了地上。

"你……"星菀轩很生气，但她意识到轮到自己报到了，于是，她只是站起来拍了拍屁股上的灰，走进了门内。大概三分钟后，她出来了，大声质问椋汐她们："你们是谁？为什么推我？很疼的！你们几年级啊？"如果她们是高二或高三的，那么完全可以指控她们欺负新生！星菀轩这么想。她完全忽略了第三种可能性。

"本人高一新生！"椋汐满意地点点头，完全回避了"为什么推我"这个问题。

"呃……"星菀轩没想到这一点，"没什么，我叫星菀轩，你们叫什么？"

"星棂汐。""星墨尹。""星于荨。"三人同时回答。

"什么?"星菀轩没听清。

"星棂汐!"门里传出的声音替她回答了。

三分钟后,棂汐出来了,又过了三分钟,墨尹也出来了。

"星于荨!"门里终于报出了于荨的名字。

于荨有点儿忐忑不安,她小心翼翼地推开门,居然还喊了一声"报告"。房间里有一张桌子,桌子后面坐着一个中年男子,有点儿胖,有点儿喜感。

"坐。"那个男子说。

于荨坐到了桌前。

"我是穆老师。你是星于荨?"他低头对着名单。

"是的。"于荨紧张地拨弄着面前的白色印花桌布。

"你在高一星班,宿舍是北极星777号。"穆老师抬起头来,"如果找不到的话,就往校园北角走,就在那里。"

星子魔法高校不像别的学校那样校门正对着南面或是东面,而是对着西南方向。

在留下了自己特殊的魔法印记后,于荨终于被放了出来。

"去北极星!"这是她出来后说的第一句话。

北极星坐落在校园北角。奇怪的是,它看着比较小,也不像普通的宿舍楼那样是个长方体,而是一个有弧度的奇怪形状。墨尹数了数,宿舍楼一共有十二个半圆弧形,从上面俯视的话,估摸着是个向日葵的形状,楼梯就如同花萼。

　　她们走进布满小碎花图案的电梯，按下了七楼——一共也才七楼。走出电梯，矗立在她们面前的是一扇木门，上面用金色的油漆写着"777号"——七号宿舍楼，七楼，新校区的第七届学生。她们知道自己没有走错，便一一试了魔法门禁卡。穆老师说，魔法门禁卡只需要使用一次，今后木门便可以自动识别宿舍学生，自动为她们开门。

第二章
北极星777

　　圆形大厅的边上摆着十二扇绘着星座图案的屏风，椋汐猜想，屏风后面应该是花瓣房间，而大厅就是花的中心。

　　椋汐走进门，门内的光线很强，令她眼前一时模糊不清。她揉揉眼睛，一个大大的房间渐渐呈现出来……

　　眼前竟然是一个圆形的大厅，非常大，大概有八个教室那么大。到处摆满了舒适的扶手椅和沙发，显得杂乱而温馨。中间是一个环形小沙发，小沙发的中间居然是一堆篝火！小小的火焰似乎有魔力，闪闪烁烁，不时迸发出蓝色或者绿色的火星。装饰算不上富丽堂皇，但它远远超出了椋汐对学校宿舍的期望。大厅的地板是刷了清漆的木地板，墙壁上贴着小碎花图案的壁纸，整体给人一种非常清新的感觉。圆形大厅的边上摆着十二扇绘着星座图案的屏风，椋汐猜想，屏风后面应该是花瓣房间，而大厅就是花的中心。天花板是透明的，可以望到蓝天白云。

一张大沙发上，有三个人舒舒服服地坐着。

"你好啊！"其中一个有着银色长发的女孩眨了眨紫色的眼睛，"我是星雪落。"

"我是槿熙，"一个有着酒红色短发和橙色眼睛的女孩回应，"摩羯座。"

"处女座的星子夜。"另一个女孩笑了笑，淡蓝色的眼睛格外灵动。长长的墨绿色马尾辫垂到腰际，使她更加青春靓丽。

"星墨尹。"墨尹走了过去，槭汐紧随其后，一路还不停地东摸摸西看看。

"以后我们就是一个班的咯！"于荨笑眯眯地跟子夜握了握手，她对这个气质和自己相近的女孩很有好感。

"嗯嗯。"子夜笑了笑，"以后记得勤洗手。"

于荨下意识地看了看自己的手，原来刚才在美术社的名单上签字的时候，手上沾到了一小块墨渍。她尴尬地笑了笑。

"喂！"槿熙抬起头来，"你们可以去自己的房间看看，据说是历届学姐们用魔法改造过的，超级奇特！"

不用她提醒，墨尹和槭汐早就奔向了绘着自己星座图案的屏风。

槭汐兴冲冲地绕过屏风，走到了自己的房间里。可是，她感觉蹚进了水里，低头一看，地板上果然有齐脚踝的水。她吓了一跳，不会是漏水了吧？可是，漏水的话，应该会漫到外面的啊！看看外面，干爽得很。她又走了出去，本以为会在外面的地板上留下两个水脚印，可出人意料，鞋底都是干的。那些水像是被一扇玻璃门拦在了里面，从外面可以看到"横截面"。

梣汐把手伸进水里，故意捧了一把水往外泼，可是，一过界，水就消失得无影无踪了。这下梣汐明白了，这就是所谓的魔法。她想找找电灯的开关，找到了一个类似电风扇开关的旋钮。她好奇地转动着，随着旋钮的左右转动，水位也在上下变化着。原来，这不是电风扇开关，而是水位控制器啊！梣汐明白了，她又旋了起来。水位最高可达一米左右，最低就直接渗入地板不见了。她挺高兴，把水位调到了齐膝盖深，一用力，居然把旋钮掰了下来，放在手心一看才知道，这是个便携式控制器，可随身携带。梣汐高兴地赤脚进了房间。房间里居然还漂着一艘小木船！凑近一看，船里还放着被子和枕头，原来这是床啊！梣汐爬到里面试了试，虽然空间不大，但是睡上去摇摇晃晃的，可舒服啦！船的两边还放着船桨。梣汐坐起来，再一次细细地观赏着属于她的房间。

房间里的东西都漂浮在水面上，书桌和椅子是如此，衣橱也是如此。虽是这样，但被水花拍打过的地方却一点儿也不潮湿。衣橱的门半开着，里面放着浴巾和毛巾。水没有漫到衣橱内部，里面格外干燥，浴巾也没有被弄湿的痕迹。看来，这水还真是听话。水下的地板上有错落的沟渠，里面铺着很多鹅卵石，还有小鱼游过。房间的天花板也是透明的。

椋汐根据第六感推断，这种玻璃应该是里面看得见外面而外面看不见里面的那种。墙壁被刷成了清新的薄荷绿，上面还有一些小花纹。椋汐非常喜欢这个房间。

椋汐趴在船里看了一会儿书，等她走出房间的时候，已经是傍晚了，一出门，她就看见了最后一位"来宾"——一个长着黑色齐肩鬓发的女孩。星座女孩们对彼此都很好奇，但都怕生，谁都不敢先扯开话题。直到吃饭的时间，她们也都只是三三两两地聚在一起，一点儿都没有"团结"的样子。

吃完饭，她们又三三两两地回到宿舍，靠坐在扶手椅上。

"我说！"椋汐在飞机上碰到的星梦渲站了起来，"我们应该来一次自我介绍！大家都坐到中间的环形沙发上吧！一个一个自我介绍！"

"好主意！"椋汐第一个赞同，她站起来想直奔沙发，不慎把扶手椅带翻，然后又被椅子腿绊了一跤。这可把子夜吓了一跳。不过椋汐只是揉了揉膝盖，就站起来继续跑。

"表示同意！"

"嗯嗯。"

"这个可以有！"

星座女孩们纷纷赞同，没一会儿，就都集合起来了。

最后一个星座女孩落座了，大家反倒没话可说了，又陷入了尴尬的沉默中。

"我先来！"椋汐举起手，"我先自我介绍，然后顺时针轮过去。"

大家默默地点头。

"咳咳。"棂汐有点儿不自然，被十一双眼睛盯着，换作谁都会不自然。

"我是……棂汐，星棂汐，射手座的星棂汐。"她有点儿结巴，"我买的那个星座标志是项链。"她展示着那条银光闪闪的项链。

"好漂亮！"星雪落赞叹道。

听了雪落的赞扬，棂汐的状态越来越好了，她甚至开始手舞足蹈。

"我！是个奇葩！"当她理直气壮地说完这一句后，所有人都笑了。

"我有很多爱好，都是些冷门的东西，比如京剧……"棂汐突然想笑，忍都忍不住，"手语……呵呵……手工……哈哈哈哈……"她狂笑不止。

棂汐要是笑得厉害，那是很有喜感的。她的笑声非常有感染力，总会带得别人全笑起来。再配上她那特有的喜感表情——整张脸皱成一团，眼睛眯成一条缝，嘴巴张得很大——简直可以用"抽搐"来形容。她笑的时候，身体还会前后摆动，样子搞笑极了。

现在她就是这么笑的，看着她的样子，大伙儿都憋不住了，梦渲第一个狂笑起来，紧接着是菀婷、墨尹……

笑声非常大，简直可以掀翻屋顶！五分钟后，大家才渐渐平息下来。

"好好好！我相信你是奇葩！"狮子座的菀婷一手捂着笑痛的肚子，一手指着椋汐，一副还想要继续笑的样子。

"嗯嗯呵呵哇哈哈哈哈哈！"学过声乐的椋汐一见她这副样子，又从低到高充满喜感地笑了一整个音阶。

"哈哈哈……"777号宿舍又掀起了一阵笑浪。

椋汐不太完整的自我介绍在笑声中结束。

"轮到我啦！"梦渲高兴地叫道，"我是白羊座的星梦渲，买了一个戒指作为自己的星座标志。"她伸出手指，展示了一下。"我喜欢吃，最喜欢吃冰激凌！"

"好巧！"椋汐一拍手，"我喜欢吃冰沙。"

"我还追星，我喜欢April（艾普莉）。"梦渲和椋汐对了个眼神，继续说道。

"April？我也很喜欢她！"

"是April吗？她的那首歌《萌指数》我很喜欢。"

April是个歌星啊！椋汐听说过她。

一下子，大家热议起April这个歌手。

"我也能算个奇葩，但是，没有椋汐那么奇葩。"梦渲指指椋汐。

"哈哈哈！"大家哄堂大笑。

"到我了！大家好！我是天秤座的星露渲！"星露渲友好地眨了眨她那双蓝紫色的大眼睛，"我的标志物也是戒指，是和梦渲一起买的。"她把戒指摘下来给大家看。

"和梦渲的是一样的款式吗？"有人问道。

"是的！"露渲对着那人点点头，"我呢，和梦渲是从小玩到大的好朋友，所以，她喜欢什么，我基本上就喜欢什么，志趣相投嘛！可以理解吧！"

"理解理解。"不知哪里冒出了这么一句话。

"反正……总之……"露渲好像没词了，"下一位吧！"

墨尹有点儿怕生，站起来好一会儿才硬憋出一句话："嗯……大家好。"

她不安地用手指绕着蓝紫色的头发，缓缓地说道："我很高兴可以来到这所学校。我呢……是巨蟹座的星墨尹，椋汐和于荨是我的闺蜜。我的标志物是这个。"她努力想要摘掉用发卡固定在头上的小礼帽，结果一不小心让帽子掉在了地上。

"喏，这个！"她指指上面的巨蟹座标志。

"我虽然是巨蟹座，但我没有你们想象中的那么宅，宅的是她！"墨尹指指椋汐，"我爱旅游，全国各地几乎都去过，国外也去过好几趟。不过于荨去过的地方更多……"她说不下去了。

"还……行吧。"于荨站了起来，"我可没那么多优点，我只是个老瓶子……"

"嘻嘻……"有人笑出声来。

"你是水瓶座吗？"菀婷问道，"我看到你的胸针了。"

"的确如此，你们猜对了。"于荨摊摊手，"我擅长画画。"

子夜轻轻鼓掌。

"我有点儿……怎么说呢？……不太乐观，并且脾气也不太好，请大家多多谅解啊！"于荨说完便坐下了。

菀轩迷迷糊糊地站了起来，眼前一片蒙眬。"我是双鱼座的星菀轩，我的标志物是眼镜。我不怎么擅长艺术类的东西，但是我擅长考试。"她说道，同时紧张地揪了揪自己的裙子。

"我是天蝎座的星雪落。"雪落站起来，"我的标志物是手链。我喜欢可爱的东西、粉红色的东西……我不是幼稚啦……多关照吧！"

"……"

"我是星菀婷！"菀婷急吼吼地站起来。"我比较冲动，比较喜欢英语，你们呢？"她热切地看着在座的各位，"我喜欢玩，体质很好，从小到大没怎么生过病。标志物是耳环。接下来大家会慢慢了解我的，所以，我就不多说了。"菀婷豪迈地扔下最后一句话，顺手把身边的一个女孩揪了起来。

"哎哟！疼！"那人揉了揉自己齐肩的微卷黑发，"我是双子座的星忆风，标志物是耳钉。"她撩开乌黑的头发，向大家展示耳钉。"我比较……大家都说我可爱……嘻嘻……"忆风笑了笑，紫色的眼睛闪着智慧的光芒，"我擅长体育，像是跑步什么的。至于美术，我是一窍不通的啦……雪落是我七年的闺蜜哦！"她不好意思地低下头，补充道："我相信我们大家都会成为很好的朋友的！"

"我也相信。"墨尹轻声应和。

"真是期待即将开始的高中生活！"忆风接着说，"大家以后会慢慢了解我的。"

"我是金牛座的星玄枫。"一个发色亚麻偏绿，梳着梨花头，看起来冷冰冰的女孩说道，"标志物，也是眼镜。"她扶了扶滑落到鼻梁上的眼镜，一双青铜色的眼睛被掩盖在厚厚的镜片下。

"我最擅长数学，我喜欢吃薯片。"她笑了笑，"我是本地人，从小在魔法镇长大。虽说对这所魔法学校早有耳闻，但还从没有进来过呢！真期待明天啊，对吧？"

"对！"星座女孩们齐声回答。

"还有……也没什么了，我从小到大一直是纪律委员。"星玄枫不好意思地摸摸头，"老师说我看起来很凶很冷，大家都怕我……"

"我不觉得！"梦渲嚷道。

"没关系……"玄枫有点儿语无伦次，于是便坐下了。

"摩羯，槿熙。"这一位更加懒得开口，她只是眨眨橙色的眼睛，"标志物：腰带。"她指指腰带上一个华丽的摩羯座饰物，继续说："我不是懒得开口，只是从小比较'成熟'，没什么朋友，平时没什么话好说，所以……就习惯了。"

"好冷的笑话。"声音来自玄枫。

"没关系，你们最好多和我说说话，这样也许我就会活泼一点儿了，"她勉强笑了笑，"先声明我不是讨厌你们哦！这里真的超级棒！我只是不擅……言辞。"

"轮到我啦！"子夜轻松地站了起来，"我是处女座的子夜，我喜欢这里，也喜欢你们大家！我擅长唱歌，还会一点儿作曲，只是对五线谱一窍不通……"

"我也擅长唱歌！"椋汐不服气，"我是从一年级开始练的！我也……不懂五线谱……"

"那么我们可以组成一个组合啊！"子夜的眼睛闪闪发光，"我们可以一起唱歌，一定会很好听！"

"好啊！"椋汐也兴奋起来，"这样我们就能去参加《中国好声音》了！"

"哦，对了！"子夜突然想起来，"我的标志物是发卡。"

"终于都介绍完了！"玄枫长舒一口气，"我们接下来干什么呢？"

"不如去参观大家的宿舍？"露渲提议道，"很好玩的！"

"这可没那么容易！"于荨叹了口气，"我原来也想去参观墨尹的宿舍，可是不知道为什么进不去。"

"我知道为什么！"露渲举手，"要有主人的同意才可以进入的！我和梦渲研究过！"

"宿舍之旅，开始咯！大家先去我的房间看看吧！"椋汐大喊。

"我同意这一次让她们所有人进入！"她对着房门前的屏风说道。

"好了。"她说，"大家进来吧，请脱鞋！"

星座女孩们有些疑惑，但还是照办了。

在椋汐的房间里逛了一圈，大家都很激动。

"我的房间也很漂亮!"雪落嘟起嘴。

"我的房间更神奇!"墨尹手叉腰。

"依我看哪,我的房间才是最漂亮、最有趣、最舒适的!"梦渲插了一句,"不信,你们去看看!"

"去就去,谁怕谁!"雪落和墨尹齐声说。

梦渲的房间非常非常非常奇特!

一进门,里面就是白茫茫的一大片,仔细一看,原来都是羊绒棉花糖!墙壁上、地板上、天花板上,甚至连床上、桌子上、椅子上都是棉花糖!到处都软绵绵的,不要太舒服哦!为了方便做作业,桌子上铺上了一块木板。雪落吃了一点儿棉花糖,味道非常奇怪,很难吃。被吃掉的地方很快又长了出来。

"你们要是真想吃棉花糖啊,就吃这里的!"梦渲指指桌上的一个玻璃碗,里面盛满了粉红色的棉花糖。

大家都吃了一大口,味道好极了,甜津津的,也是永远吃不完的那种。

"好玩吧!"梦渲略显骄傲地说,同时在地板上蹦跶起来,在房间里弹来弹去。毕竟,所有的地方都是软的。

星雪落的房间也令人惊叹不已。

一进门,一根树枝就横在眼前,把大家吓了一跳。她们小心翼翼地避开树枝,钻进雪落的房间。

房间被一顶巨大的树冠塞满了,到处都是枝丫和树叶。这是一棵巨大的樟树,从地板的中间长了出来。这里的地面很神奇，是泥土！子夜最怕泥土什么的脏东西了，说什么都不敢进来。

树有很多枝丫，是挂东西的好地方，还可以挂秋千呢！雪落的床就架在树枝中间，隐藏在层层叠叠的树叶间，很有一种原始森林般的神秘感。看到这样的景象，忆风猜想，睡觉的时候，树叶会掉到脸上的吧！

书桌和衣橱也都架在树枝间，至于椅子嘛……直接坐树枝上不是很好吗？要椅子干什么？

雪落显得很高兴，这儿爬爬，那儿爬爬。

"你们一起玩啊！"雪落招呼着。

"算了吧！"露渲急切地看看表，"还要带你们去看看我的房间呢！"

露渲的房间空荡荡的，什么都没有，只有木质地板和圆点花纹的墙纸。

大家不免觉得奇怪：这是没装修好还是怎么着？

"来来来，大家坐！"空荡荡的房间里回荡着露渲的话。

哪里有东西可以坐？星露渲是疯了吗？

"你们不坐，我可就坐了！"露渲一副"我早就料到"的表情，就这么凭空往后一坐。

星座女孩们倒抽了一口凉气，她很想摔跤吗？

没想到的是，露渲没有一下子摔到地上叫疼，而是坐到了一把不知道什么时候出现的雕花椅子上。

于荨张大了嘴巴："这也可以?!"

"就是可以！"露渲得意地叫道，同时不断地起身又坐下，椅子消失又出现，大家看得目瞪口呆。

"试试吧！"露渲大方地摊摊手。

"不敢啊……"墨尹小心翼翼地说。

"有什么不敢的？"露渲两腿一蹬，一下子躺了下来，身下立刻出现了一张大床。

"我那里就一点儿也不恐怖。"墨尹低着头，似乎觉得表扬自己是一件很不好意思的事。

墨尹的房间确实不恐怖，四面墙壁都是星空的样子，非常逼真，仿佛向前一步就会走到宇宙深处去似的。地板也是很逼真的宇宙图景，不知道为什么，还略带弹性。抬头往上看，上面没有尽头，远处，几架纸飞机在飞来飞去。

墨尹手里拿着一个类似于遥控器的东西，操纵着。

不一会儿，其中一架纸飞机就朝着星座女孩们飞来，越来越近，越来越大。

纸飞机到了墨尹的面前，上面铺着被子和枕头，看来，这就是床了。

墨尹骑上纸飞机，又用遥控器把其他飞机弄了下来，指挥星座女孩们坐上去。天哪，纸飞机有的载着衣橱，有的驮着书桌，有的甚至背着……淋浴间……

"用意念操纵！"墨尹丢下一句话，然后便飞了上去。

"用意念操纵！你个笨蛋！"露渲骂着坐上去却不会驾驶的梦渲。

飞机接连起飞，这确实很好玩。

"你睡觉的时候它会飞吗？"椥汐好奇地问墨尹。

"做梦的时候应该会的。"墨尹装出严肃的样子，"用意念控制嘛！"

于荨的房间也着实令人吃惊。房间的天花板上挂满了木塞玻璃瓶，形态各异，有南瓜形、星星形……悬挂瓶子的绳索的长度也不一样，给这个房间营造了非常唯美的气氛。瓶子里面好像飘浮着一团团色彩斑斓的星云，美丽极了。

"你们看！"于荨拔掉了最大的瓶子的木塞，随后便被吸了进去，木塞又自动塞上了。星座女孩们纷纷如法炮制，进入了瓶子。

瓶子里面并没有星云，女孩们可以清楚地看到外面。在瓶子里，大家都缩成了蜗牛这么大。最大的瓶子里面是于荨的卧室，别的瓶子里不知道是什么。

事实上，大部分瓶子里是空的。

一脸迷茫的菀轩迷迷糊糊地走进了自己的房间，好像完全不知道后面十一个人的存在。

一进房间，大家就有一点儿害怕。地板是深邃的幽蓝色，就是海洋深处的那种颜色，仿佛逼真的海洋三维立体画。至于为什么害怕……大概是害怕掉下去吧！四壁也画着海底世界，各种海底生物逼真得叫人害怕，它们好像只是睡着了一样。床是用绳子从天花板上吊下来的，书桌和椅子也是。周围的东西都像秋千那样。当然，真的秋千也是有的。

晃来晃去的东西真好玩，特别是绳索长度还可以控制的时候。

天花板绘着同样逼真的海面，整个房间仿佛浸在水里。

桌面上放着一个清澈的鱼缸，色彩绚烂的金鱼在里面游来游去，鱼缸底部，还堆着泥沙。

菀婷的房间非常具有梦幻色彩。一进门，菀轩就踩了个空，掉进了一个洞里，好不容易才爬出来。一看，房间的地板就像月球的表面，甚至还有一点点失重的感觉。各种环形山里面就是菀婷的床和书桌了，十分漂亮。

墙壁上是星空景观，与从月球上看到的真实星空是一样的，而且星星的位置在实时变动。这简直是个天文观测的好地方。

很多人尝试着跳高，在失重的环境里，她们有一种飞起来的感觉。棋沙很喜欢飞翔的感觉，她又试着跳了好几次。

忆风的房间像极了游乐场。正中间，有一个不大不小的摩天轮，每个轿厢里都是不同的东西：床、书桌、衣橱……摩天轮一直在转动，如果想要让它停下，那么就得使用忆风的遥控器了。

这里的地板是石板铺成的，墙壁是游乐场的远景。摩天轮的旁边停着一辆卖爆米花的车，门口还有一个售票亭。

不知道是谁第一个提出要一边吃爆米花，一边坐摩天轮，反正大家都这么做了。临走时，忆风站在售票亭里，收了她们一人一块钱。不是忆风吝啬，只是她们把爆米花都吃光了，一点儿没给房间的主人留下。

玄枫的房间非常……清凉，并且清凉过头了……

是啊，冰天雪地的，能不清凉吗？

房间里全是雪，足足有十厘米厚。和椹汐房间里的水一样，积雪的厚度是可控制的。如果愿意，房间上空还可以飘着云，随时准备下雪。

这个雪不是南方又湿又冷的雪，而是干雪，不太会打湿衣服，也不怎么冷。这一点真是极好的。

至于床嘛……要床干吗？反正这些雪又不冷，直接一个仰八叉躺上去不就结了？

书桌之类的都隐藏在墙壁里，要什么东西出来，只消按一下相应的按键，它就会毫不犹豫地弹出来。

天花板上布满了云朵，不下雪的时候，看上去白白胖胖的，很可爱。灯光不知道是从哪里冒出来的，反正房间里怪亮堂的。

"我们走错了吗？"刚进槿熙房间的门时，有人这么问道。

槿熙的房间简直就是热带丛林，到处都是树啊，草啊，花啊，不过没有蛇之类的动物。她的床在房间角落的一个大树洞里，看上去很温暖。别的家具都是原木色的，分布在房间的各处。

丛林里还有用条纹图案的布吊着的床，躺上去很舒服。

"这里到底是怎么建成的啊?!"玄枫惊叹道。

"魔法呗!"菀轩白了她一眼，"我们也会有魔法的，明天开学典礼上会有测试。"

在满满的期待中，大家迎来了"房间之旅"的尾声——参观子夜的房间。

子夜的房间虽说不像其他人的那样令人惊奇，但也是很不错的。

天花板上始终照射出不知从哪里来的温煦的光。地上种满了草坪草，铺着一些小石子，还有几棵树，但是都长得不大。房间的中央，有一条小溪流过，但不知道源头在哪里。小溪的旁边还有一个木制的信箱，上面绘着小鸟的图案。墙角放着一张床，床边是四只脚上缠满了藤蔓的书桌。

总之，一股大自然的气息扑面而来，这样的房间，大家认为绝对适合像星子夜这样的文艺女青年。

"那我呢？我是什么?"椋汐问道。

"奇葩女青年——"其他女孩齐声回答。

第三章
蝴蝶效应

一个小动作引起了一连串的大反应。

星梦渲从软软的房间里醒来，天还黑着，手表上显示着四点钟。反正也睡不着了，她干脆就穿上衣服爬了起来。她昨晚那么早就睡，导致今天这么早就起，是因为……

今天是开学第一天！

开学第一天，新生要做魔法测试，马上就可以知道自己有什么魔法了！

"今天上午魔法测试，下午好像是分配座位……"梦渲刷好牙，边喃喃自语，边走出了房间。

大厅里，菀婷正在跳着脚寻找她的另一只拖鞋，看样子，她也是刚起床。

"这里。"梦渲从门后面揪出了另一只拖鞋，抛给了菀婷，"你也是为了迎接美好的一天才这么早起床的？"

"是啊。"菀婷麻利地穿上拖鞋，"不然太浪费生命啦！早晨有很多美好的东西要看，很多美好的事情要做。"

"丁零零……"闹钟的声音从棂汐的房间里传出来，没一会儿就停了。大约五分钟后，棂汐懒洋洋地从屏风后面走了出来。

"美好的一天！"棂汐伸了个懒腰，"有兴趣出去看朝阳吗？"

"我发现一个规律，"菀婷刻意装出一脸凝重的样子对梦渲说，"早起的都是火象星座。"

食堂还没有开门，三人的肚子又实在太饿，于是，棂汐、梦渲和菀婷就非常厚脸皮地把大厅茶几上那盆解馋用的小面包吃了个一干二净，还吃了梦渲房间里的很多棉花糖。

火象星座的人是不是都闲不住？凌晨四点二十分，她们三个就急吼吼地冲出了这幢名叫"北极星"的宿舍楼，在学校里蹦蹦跳跳了一圈。回来的时候，已经七点钟了，三人满头大汗，把其他星座女孩吓了一大跳。

"魔法测试都要开始了！"墨尹责备道，"我们正要走呢！"

全校师生都要出席魔法测试。星座女孩们通过问路终于来到大礼堂时，这里已经人声鼎沸了。

大礼堂里摆着四张长桌子，前面的高台上摆着教师专用桌，两组桌子中间摆着一块巨大的四方粉水晶。

"来来来，火象的坐红木桌，土象的坐黄花木桌！"接待新生的穆老师站在教师专用桌后面声嘶力竭地大喊，但似乎没有多少效果。于是他念了句口诀，把手一挥，每个新生的耳边顿时都现出了一个小喇叭。"水象的坐紫檀木桌，风象的坐樟木桌！不要吵吵嚷嚷的！你们当自己是什么？狒狒吗？"

"哈哈哈……"一阵哄堂大笑。

"为什么这里的布局这么像霍格沃兹？"棋汐在红木桌旁坐定，问左边一个戴着眼镜的男生。

男生扶了扶快要滑到鼻梁上的眼镜，回答道："听说校长是 J. K. 罗琳的粉丝。"

"你几年级？"棋汐对面的梦渲饶有兴致地问道。

"高三了。"男生鼻尖上的粉刺都透着骄傲。

"魔法技能该怎么测试？"棋汐担心地问，她生怕自己出洋相。

"很简单的，只要把两只手分别放在粉水晶的左右两边就可以了！"男生翻开放在膝盖上的一本书看起来，上面写着什么"如何认真度过高三"，"我的魔法是制造光明，也就是说和光有关的一切"。

"啪，啪，啪。"教师专用桌那边响起了一阵拍手声。站起来拍手的是一个四五十岁的大叔，有点儿瘦，胡子有两三厘米那么长，他开口道："大家静一静！静一静！新生魔法测试马上开始！不过，在这之前，我要讲几句话……"

他好像在刻意模仿邓布利多讲话，有几句甚至引自"哈利·波特"系列图书。然而，他的主要内容无非就是告诫学生不要乱用魔法，不要乱扔垃圾。

"请新生按照从高一天班到高一星班的学号顺序上来测试！"大叔说道。

学号是在录取通知书上写着的。

过了十秒钟，还是没人响应。

"去啊，去啊！"红木桌那边引发了一阵小小的骚乱，没一会儿，一个短发女孩被推了出来，她怯生生地向前走去。

"到后面，把手放在粉水晶的两侧！"几个高年级同学提醒着，看着那个瘦瘦的女孩跌跌撞撞地走上台。

女孩不知所措地把手放了上去，霎时间，粉水晶上出现了一行字：

天晴海，你的魔法——控制声音。

"好的，回座位吧。"一个胖胖的女教师不耐烦地对着发愣的女孩说道。

女孩如释重负地回到了长桌前。

接下来的测试就顺利多了，新生们都看懂了测试的方法。

终于轮到星班了，女孩们都有点儿紧张。

每个人的魔法一一揭晓。

星梦渲：时间停止。

星玄枫：预知未来。

星忆风：飞来咒。

……

星露渲：硬化。

星雪落：易容。

当星雪落从从容容地走下台时，就轮到棂汐紧张了。

她该做什么？上台去？对，就是上台去！

她像抓一根救命稻草一样紧紧抓住这个想法，有点儿机械地上了台。真是紧张！她上了台，又有一点儿不知所措，突然想起来，应该把手放在粉水晶的两侧。

粉水晶的四面都慢慢显示出一行水汽般的文字：

星棂汐，你的魔法——飞行。

棂汐自己当然也看到了，她有点儿激动，很小的时候，她就盼望着可以不借助任何工具在空中飞翔，那该是多么自由啊！

棂汐几乎是轻飘飘地回到了座位上，背对着她坐在紫檀木桌边的墨尹拍拍她的肩膀："怎么样？很神奇吧！我居然会读心术！槿熙的也很奇葩，她会制造结界！于荨好像是隐身，很强大吧！"

棂汐点点头，问坐在对面的星菀婷："你的魔法技能是什么来着？"

"就是调节温度而已，这算什么魔法啊！"菀婷无奈地摊摊手。

"也很好啊，夏天不用开空调了！"桄汐托着腮帮子说道。

"啪，啪，啪！"拍手声再次响起。"新生魔法测试正式结束，大家可以去食堂吃饭了。"那个像是校长的大叔发话道。

寂静的大厅纷乱起来，大家纷纷离席，留下一排乱糟糟的椅子。

高一星班的同学们聚集起来，一起浩浩荡荡地向食堂前进。

中午有一个小时的休息时间，墨尹和于荨不想出去玩。桄汐只能自顾自疯跑出去，嘴里还高声唱着歌。她又逛了一遍学校，然后……就不知道干什么了……

对了，自己先练练飞行吧！

桄汐找了一个小山包——高度只有三四米的人造小山包。她三步并作两步来到山包的顶上，往前一跳——

"啊——疼！"桄汐差点儿把脚崴了。

再接再厉啊！桄汐努力地往上跳，往前跳，可惜，都没能成功。

"哼！"桄汐一赌气，不练了。

下午要去的教室可不是那么好找的！学校虽然面积不大，但是地形很复杂。幸好，桄汐中午已经把环境熟悉了一下，所以找起来不算太难。

教室不大，里面的布置也很普通，据说校长不允许学生用魔法改装教室。前面是黑板和多媒体设备，后面则是墙报——空空如也的墙报，剩下的两面墙上最占地方的是几扇超大的玻璃窗。教室里一共有两个大组，每组有三排，正好够十二个人坐。椋汐不知道该坐在哪里，于是便来到了走廊上。

墨尹、于荨和菀婷来了，她们人手一份地图，看样子是看着地图找来的。

"坐哪里？"椋汐问墨尹。

"不知道。"墨尹耸耸肩，"我们还是到外面看看吧！"

高一的教室在一楼，外面便是一个大花坛，几个女生坐在花坛边上聊着天。

不知不觉，又有好多人到了，十二个女生漫无目的地在附近逛来逛去。

一个三十多岁的女人从楼梯处走来，走进了高一星班，她愣了一下，随后转过身："高一星班的同学们，上课了！"

星座女孩们一拥而入，随便找位子坐下了。

"我是于老师，你们的班主任。"女人在黑板上写了一个大大的"于"字。"我们先安排一下座位好了。"于老师看了看参差不齐地坐在教室里的十二个女生，皱起了眉头，"大家到走廊上去，按身高排成一列纵队。"

叽叽喳喳的十二个女生拥到了走廊上，乱哄哄地排好了队。

于老师略微调整了一下顺序，便开始安排座位了。

"你，你，坐第一组第一排。"她推着队伍最前面的忆风和菀婷进了教室。

"后面那俩，坐第一组第二排。"她指了指露渲和梦渲。

她又意味深长地望了望于荨和槿熙，她们很知趣地坐到了第三排。

没过一会儿，椋汐就拎着书包坐到了第二组第二排靠窗的地方，屁股刚坐定，墨尹就坐到了旁边的座位。椋汐饶有兴致地观察着自己的"邻居们"。右边是墨尹，前面是玄枫和雪落，后面是子夜和菀轩。

"你们的魔法是什么？"椋汐转过头去问子夜和菀轩。

"水魔法，可以任意操纵水。"子夜笑了笑，"真是令人兴奋啊！是吧？"

"谁？啊？我吗？我是……让我想想……瞬移？没错就是瞬移！"菀轩抬起头来说道。

"你在看什么啊……"椋汐弯过身子去看菀轩的桌子。

菀轩的桌肚里，放着一本《心灵鸡汤》。

"大家的座位就这么定了。"于老师说，"谁愿意去搬新书？"

"我！"六只手齐刷刷地举了起来。

"走吧，去图书馆。"于老师挥挥手，又猛地回头一看，犹豫了一下说，"不过六个人有点儿多了，那个……第二组第三排靠窗的女生，你……不要去了。"

于老师指的是子夜。

椋汐知道于老师为什么不让子夜去，子夜给人的第一感觉就是"娇贵"，她看上去很温柔很文静。但事实上，跟她接触久了以后，就会发现，她身上洋溢着青春的活力，力气也很大。入学第一天晚上，星座女孩们掰手腕，子夜一掰一个倒，最后面对力气超大的墨尹也是三秒钟就搞定。

"为什么不要我去啊?!"子夜叹息一声，也就坐下了。

"其余五个人，跟我来。"于老师招呼着。

椋汐和墨尹一下子冲了出去，梦渲和露渲紧随其后，菀婷大跨步跟了上去。

穿过了大概三道楼梯，无数条走廊，她们才到达了图书馆。图书馆的门很小，才一米五高，一肩宽，一条厚厚的帘子紧紧地把它掩在楼梯下面，非常隐蔽。露渲觉得，她一辈子都摸不透这里的布局。

走进图书馆，一股煎土豆饼的味道扑鼻而来，图书管理员正在柜子后面煎土豆饼，旁边一个大托盘里已经装了一大堆，上面还撒着香葱，前面的纸牌子上写着：随便拿。

"图书管理员清藤最大的爱好就是做土豆饼，别人吃得越多，她就越高兴，待会儿多拿几个，她会很开心的。"于老师压低声音告诉大家，"她的魔法就是，所有她做出来的东西都超级好吃。"

清藤一边给土豆饼翻面，一边念念有词：

> 哼哼哼，撒点儿香葱！
> 哼哼哼，撒点儿椒盐！
> 翻面吧，土豆饼，听铲子的话！

可爱的小土豆，不能有一个浪费！

随着最后的一个高音，清藤抄起煎锅，土豆饼不偏不倚地掉在了托盘里。

"哦，新生！"清藤兴奋地大叫起来，"来来来，尝尝我做的土豆饼吧！多吃几个！"

"谢谢！"大家一拥而上，吃了一个还想吃。土豆饼外酥里嫩，色泽金黄，略微有点儿焦——正是最好吃的时候。

清藤的手艺真棒啊，直到回到教室，她们也还是齿颊留香。

"哇，好羡慕！"菀轩有点儿后悔自己没有去搬书。

于老师干咳一声，擦掉了黑板上那个大大的"于"字，说道："接下来大家轮流自我介绍。"

"那个……yú老师的yú是哪个yú？"玄枫问雪落。

"老师不是说过了吗？"雪落不耐烦地回答，"干钩于。"

"什么？干锅鱼？"椋汐一脸兴奋，"哪里有干锅鱼？"

玄枫和雪落转过头来，一脸无奈地看了一眼椋汐。

星座女孩们自我介绍了一番，于老师对女孩们有了进一步的了解。

"同学们，接下来我们必须听从学校的安排进行大扫除了。"于老师满意地点点头，"我呢，要排一张座位表和一张值日生表。你们慢慢忙吧！"于老师正要走出门外，又猛地回头："大扫除分工让班长管吧。对了，没班长，那么你们自己分配吧，扫地、拖地、擦瓷砖各四个。"

真不知道上学期在这个教室的学生是不是故意把教室弄脏的，扫地组扫出来的垃圾装了整整四只垃圾桶，擦瓷砖组的抹布不到五分钟就把一桶水弄黑了，拖地组的拖把怎么也洗不干净。星座女孩们打扫了整整一节课的时间，教室才整洁起来。

课程表上显示，下一节是魔法课，大家都异常兴奋，讨论着关于魔法的事情。棂汐从图书馆端来了一盘土豆饼，之前于老师带她们去的时候花了十分钟，而棂汐这次只消失了六分钟。大家问她怎么做到的，她不肯说。

上课铃声很特别，是一连串碎冰撞击的声音，十分悦耳。大家立刻坐好，等着老师。

结果，于老师又走了进来，上魔法课的老师就是她。

"到外面去排队。"于老师挥挥手，"我们要去南草坪。"

星座女孩们一脸兴奋地排好队列，跟着于老师走出了不太熟悉的教学楼。

"我都听你们介绍过各自的魔法了，现在开始初步练习。"于老师说，"尽管大家的魔法能力不一样，但是魔法的本质是一样的，就像这个世界是由水、火、风、土四种基本元素组成的一样。你要有足够强烈的做成某件事情的愿望，要努力让全身上下的每个细胞都渴望着做成这件事。大家先自己试试吧！"

"啊，就这么简单吗？"星座女孩们一边嚷嚷，一边跃跃欲试。

榠汐站在人造小山包上，闭上眼睛念念有词：

"飞，飞，飞，我要飞得更高！汪峰，歌手，职业，前途，大学，好好学习，天天向上……"

榠汐的思绪就这么"脱轨"了。

她憋紧一口气，幻想着飞翔的乐趣，幻想着蓝天白云，这该是多么美妙！快了，快成功了，她有了一点儿轻飘飘的感觉……

"我成功了！"槿熙大叫。榠汐回头一看，正好看见槿熙从一个时空洞里跨了出来。

榠汐又分神了。她是多么想当第一名啊，她更加努力地冥想。

"我也行了！"墨尹大喊。她的魔法是读心术，也许是为了展示一下，她走到榠汐旁边，对她说："你的心里百分之八十是飞行的欲望，百分之十是焦躁不安，百分之十是煎土豆饼。"

榠汐确实想起了土豆饼。

她现在必须全神贯注，抛开土豆饼。

慢慢地，她感觉双脚离地了，往下一看，已经离地三四十厘米了。她开心地叫道："我也行了！"然后，她很惨地摔了下去。

"很好。"正在指导玄枫的于老师心不在焉地回答，"刚开始学的时候是进步最快的时候，努力练习，会大有长进的。"

虽然只是在离地三四十厘米的空中悬浮了一秒钟，榠汐还是兴奋不已，她爱上了那种感觉。

全神贯注……

经过一整节课的练习，大家都大有长进。椋汐已经可以在离地一米左右的空中悬浮了，梦渲也可以短暂地让时间停止。忆风的进步最大，她已经可以让一米以内的东西飞到自己的手中，只是偶尔会拍到她的脸。

大家都在使用魔法，这就造成了课间的混乱。就像这样——

忆风正在召唤文具盒，结果在中途撞到了路过的露渲。露渲便把忆风玩耍时高高扬起的头发变硬了几根，结果这几根头发便一直竖在忆风脑袋上，被隔壁班的男生嘲笑了一番。更糟糕的是，忆风生气了，捡起地上的石头就向那些男生丢去，砸到了某个人的手。男生不服气，集体用魔法攻击忆风，忆风也把全班同学叫来，最后就变成了两个班的魔法大混战。为此，两个班的班主任生气极了，把他们好好教育了一番。面对班主任的斥责，椋汐一再表示她没有参战，她只是悬浮在一米高的空中观战。事实上，她把不知何时被遗落在角落里的几个毽子扔到了对方阵营里，砸到了一个人的鼻子，不过没人发现她。

"不许打架，不许滥用魔法！"于老师气极了，几乎头发都要竖起来了，"你们开学第一天就这么气我，有本事，你们十二个用魔法对我一个！"

第四章
师生大战

唉，开学没多久就要和班主任决斗了吗?!

于老师和星班全体十二个同学正式签下了战书——写战书的纸是梦渲费了不少劲儿从学校门口的小店花五毛钱买到的。

"战书正式生效!"梦渲喊道,"一周后自习课魔法训练室开战!"

就这样,大家更加刻苦地练习魔法。

"还在练习啊!"梦渲穿着睡衣走出房间,来到大厅。

这是晚上七点钟,大伙儿都在努力练习魔法,同时努力不伤到别人。

"你的心里正想着家里养的小狗。"墨尹朝梦渲走了过来,但她突然脸色大变,"可是你看到的是我们,你是觉得我们都是小狗吗?"

"墨尹,小心啊,二十秒后,你会被绊倒!"玄枫向墨尹喊道。

"啊？你诅咒我？"墨尹皱皱眉，"我也诅咒你，诅咒你一辈子考不到满分！"

"别忘了我会预言！"玄枫说，"你才一辈子考不到满分呢！"

"喂！"墨尹向玄枫走去，不幸被一只拖鞋绊了一下。

"啊，我的！终于找到了！"于荨苦笑一下，捡走了拖鞋。

"谁有我惨？！我这魔法练习方式才叫变态！"菀婷大为不满。她站在窗口，吹着秋季凉凉的晚风，努力让自己不冷。

"你们谁知道干锅鱼的魔法？"梦渲问道。她抱着从房间里撕下来的一大块羊绒棉花糖，开始练习自己的魔法。

"好像是飞快的速度……"雪落说了一半，突然停住了。事实上，整个大厅都停住了，不过只维持了一秒钟多一点儿。

"星梦渲我要吃了你！"椋沙揉着摔疼的屁股，向梦渲冲去。

"啊啊啊！不要啊！"梦渲一急，再次使出了让时间停止的魔法，可是还是只维持了一秒钟。就这样，大厅里的人一会儿停，一会儿动，都快被梦渲玩疯了。终于，梦渲的魔法能力减弱了，无法再让时间停止，十一个人向她投去了愤慨的目光……

……就这样，我很难找到时间练习魔法，因为每次练习，都会影响到大家，挨一顿骂。我只好在夜深人静的时候练习了。

中午休息时，梦渲在日记里这样写道。

"喂，梦渲！去不去图书馆？"露渲问道。

梦渲叹了一口气，放下了笔。

"我都忘了怎么走了，并且要走整整十分钟呢！"梦渲耸耸肩，"要不，问问楱汐，她好像知道某条密道，三分钟就可以到，上次她不就去拿土豆饼了吗？"

"你可不可以告诉我们去图书馆的密道啊？"露渲问楱汐。

"只要你们答应随时陪我玩，我就告诉你们。"

"成交！"

楱汐带着她们来到了女盥洗室里面。

"你要上厕所吗？"露渲问。

"密道不会就在这儿吧？！"梦渲惊讶地猜测。

楱汐没有回答，而是默默地走向一块落地镜，在左上角轻拍了一下，镜面马上荡漾出旋涡，把她吸了进去。梦渲和露渲又惊讶又好奇，如法炮制。里面居然……居然是一条小小的走廊，只有一人宽。地面是泥土，墙壁则是坑坑洼洼的石壁。楱汐走在前面，向她俩招招手。

走廊很阴暗，梦渲不禁有点儿害怕，她皱了皱眉，拉着楱汐和露渲的手往前走去。

走廊是平坦的，没有坡度。过了三分钟左右，她们走到了走廊的尽头，眼前是一堵石墙。

"从哪里进去啊？"梦渲害怕了，她怕从什么地方钻出一个鬼来，一心想着快点儿到图书馆。

"下面呗！"桫汐说道。突然，从地下传来一道亮光，刺痛了梦渲的眼睛，她不禁眯起了眼。等她睁开眼时，桫汐已顺着什么滑了下去，她也紧跟着跳了下去。

"这是哪里啊……"梦渲费力地望着四周，这里好像是图书馆的小阁楼！不远处，就是梯子，下了梯子就到图书馆大厅了。

图书馆非常明亮，和上次来搬书的时候没什么区别。三人拿了一些土豆饼放在盘子里，在各个书架间穿梭。

"你们要看什么？"桫汐问。

"随便逛逛。"梦渲说。

"如果是这样，我们倒是可以找找那些魔法书，看看有没有可以帮我们对付干锅鱼的法子！"桫汐说道。

"好主意！"梦渲点点头，开始搜寻起来。她绕到图书馆最里面的书架附近，专挑那些堆在最底层的大破书。

"《魔法的历史》？无聊……《魔法寓言故事》？幼稚……咦，这本……"梦渲费力地从书架上抽出一本墨蓝色封面的大厚书，上面用烫金大字写着：星座相克。

这本书好像有点儿花头。梦渲产生了两个想法：第一，赶紧去找露渲和桫汐；第二，看看这本书。于是她一边看书，一边在书架间穿梭。

　　……大家都知道，每个人都有自己的星座，每个星座有不同的性格。可是大家知道自己的星座是什么属性吗？请允许我在此为大家解释一下。

　　梦渲翻了几页，上面写着关于星座相克和属性相克的内容。她非常满意，又翻了几页。

　　"啊！"突然，梦渲的脑袋撞到了什么，她抬头一看，对面有一个人也拿着书揉着脑袋。

　　"对不起……"梦渲嘀咕着，想要绕过去。

　　那个人显出如释重负的样子。

　　"不对！"梦渲走了几步后，又停住了，那个人似曾相识……她猛地转过脑袋一看，更加确定了。"于老师！"她喊道。

　　那人一头冷汗地转过头来，干笑了几声。就是于老师！于老师手里还拿着一本书——《水瓶座魔法强化》。

　　原来于老师也不是很有信心啊！梦渲笑了笑，轻松了很多。原来于老师也在暗暗担心呢！再抬头看时，于老师已经跑得没影儿了。

　　星座女孩们正在为一周后的较量开会商量方案。

　　"有谁知道干锅鱼的星座？我借的那本书上有关于星座相克和属性相克的内容。"梦渲说道。

　　"水瓶座！"槿熙挺起胸脯说，"我在学校官网上查过她的资料！"

"风象，水瓶座……"梦渲一边念叨，一边翻书。

火克风，风克土。

狮子座克水瓶座，水瓶座克金牛座。

以上就是梦渲筛选出来的有用信息。

"看到了吧！"梦渲用力地戳着书，"所以啊，咱们火象星座的同学们在那天一定要努力发挥优势！特别是菀婷，你更加要全力以赴了！不过，土象星座的要小心一点儿！特别是玄枫，你要加倍小心啊！"

星座女孩们严肃地点着头，开始讨论具体方案……

对决如约而至。十二个星座女孩多少都有点儿紧张，带着一周来练成的一点儿魔法，她们走向熟悉的魔法训练室——她们从未进入过这间魔法训练室，但这几天她们每天都来观察地形。

魔法训练室是一个操场那么大的空房间，四周的墙上有很多可供攀缘的凸起，天花板高达十来米，就像一个大大的仓库。这个房间永远不会被魔法所破坏，是训练的好地方。而且，在这个房间里，不管使用多有杀伤力的魔法，都不会伤到人，只会在伤到的地方留下一个显眼的标记。标记超过三处，此人就算是被打败了。

大家拥了进去，于老师还没来，她们便静静地等待着。

突然，"嗖"的一声，于老师就站在了她们眼前。

"开始！"不知谁这么说。

场面一片混乱，星座女孩们按照计划，不停地躲避着于老师。椤汐一下子飞到了上空，把玄枫和墨尹连拉带拽地带到了墙壁附近，让她们攀住凸起，同时吹了一声响亮的口哨。

于荨在一个小角落里隐了身，暗暗观察，随后，也吹了一声口哨。

槿熙拉开了一个空间的入口，钻了进去，当然没忘记吹口哨。

梦渲在听到三声口哨后，静止了时间。全场一下子停了下来，星座女孩们都看清了局势，看见了正在奔跑的于老师。

三秒钟后，全场又纷乱起来。于老师神出鬼没，不一会儿，就有很多星座女孩的脑袋挨了打。

"菀轩小心！"玄枫喊道，"快点儿躲开！"菀轩赶紧跑开了，一个粉笔头落在她刚才站的地方，成了碎块。

雪落变作校长的样子，出现在门口："你们在干什么！"于老师被吓得一愣，停了下来。菀婷趁机向于老师扔了一个粉笔头。

子夜一直在找时机把水泼向于老师，可是不能乱泼，要是泼到自己人怎么办？就在这犹豫的瞬间，她的腿就被于老师扔出的粉笔头打中了。

梦渲不时地停止时间，忆风则在一旁保护她，让粉笔头从四面八方飞向于老师，只可惜都没砸中。

雪落负责变成校长等人吓唬于老师。

露渲呢？她把于老师奔跑时高高扬起的头发变硬了，增加了阻力，好减缓于老师的速度。

墨尹攀着墙上的凸起，不断试图读出于老师的战术，告诉所有人。玄枫一直在警告着同学们小心这小心那。

于荨隐身候着于老师，趁她经过的时候突袭，虽然打中的概率不大。

菀轩则处于防御状态，不停地瞬移。

槿熙把结界不停地收放，光线四处乱飞，她希望以此来掩护同伴。

局势不停地恶化着，十二星座女孩已经"牺牲"了不少，包括倒霉的露渲、可怜的子夜和槿熙。不一会儿，梦渲、忆风和雪落也"阵亡"了。只剩下六个人了，场面平静了很多。

于老师还剩下一条命，防御的同时也在努力攻击。只可惜，剩下的六个人都不容易抓。墨尹、玄枫和椋沙在空中，于老师根本抓不到！菀轩神出鬼没，不知道接下来又会瞬移到哪里。于荨则一直使用隐身魔法，但每过三分钟就失效一分钟。菀婷的星座是能克于老师的星座，也不好抓。地面上的菀轩和于荨还剩下两条命，菀婷只剩下一条命。半空中的墨尹剩两条命，玄枫和椋沙都是三条命。于老师打算先对付地面上的人，再慢慢对付半空中的三个毫无攻击力的人。同时，于老师尽量离墨尹远一点儿，免得被读出战术。

于老师趁着菀婷不注意，一扫把扫过去，菀婷摔了一跤，出局！

接下来，于老师的目标就是菀轩了，她静静地注意着菀轩出现的方位。菀轩现在脑子里一团糨糊，累极了，但还是坚持瞬移，可是不知不觉带了规律，开始顺时针转圈。于是，她就被守株待兔的于老师一把逮住，出局！

地面上只剩下于荨了，这对于老师来说简直就是手到擒来了。趁于荨休息的一分钟，于老师飞快地冲过去，无奈有墨尹和玄枫的提醒，还有棂汐不定时扔下来的粉笔头，于老师的追捕遇到了困难。但最终，于荨还是被于老师逮到了，出局！

就在于荨出局的一刹那，半空中的三个人好像意识到了什么。棂汐开始把墨尹和玄枫一个一个往上拖，想拖到高处的横梁上。棂汐的飞行能力有限，两人得攀着墙壁上一块一块的凸起使劲，最终三人安全到达了横梁。

有凸起也不全是好事，于老师也攀着凸起爬上来了。双方在横梁上走来走去，互相躲避，互相扔粉笔头，可是谁也没伤到谁。就这么走来走去地周旋了好久，大家的脚都酸了，腿都麻了，走起路来也晃晃悠悠的了，好像一秒钟后就会掉下去似的。

"啊！"于老师脚下一滑，差点儿摔下去，幸好两手抓住了横梁，但掉下去似乎只是时间问题。棂汐、墨尹和玄枫走过来了，看样子，她们想让于老师摔下去——反正伤不到人。

虽然摔不死也摔不伤，可看着远离自己的地面，于老师也很害怕。

"休战，休战！你们赢了！"于老师惊恐地大叫。

星座女孩们就这么意外地赢了。

"我们原本打算把于老师拉上来公平战斗的……可谁又能想到……哈哈哈！"墨尹兴高采烈地讲着后来发生的事情。

"结果于老师自愿投降！哈哈哈哈……"玄枫插嘴。

三个把于老师打败的"小英雄"说起自己的事迹来还真不含糊。

"请客请客！"有人大叫。

"请客请客！"大家纷纷叫嚷了起来。

刚才还意气风发的"英雄们"瞬间悲哀地对视了一眼。

大家挑了一家从没吃过的日本料理店。梦渲一坐下就招呼着让人拿来菜单，哇啦哇啦点了一大堆。她多点一个，椋汐她们三人的心就一紧。

"大家一致要求你们请客，你们就一下子请个痛快嘛！"在椋汐制止梦渲点一个什么"超级豪华至尊套餐"之后，梦渲这样说道。

其他星座女孩也点了一些菜，但不怎么多，因为梦渲已经点了很多了。在菀婷抱来一大箱椰子汁的时候，玄枫终于一阵发抖，仰天长啸：

"苍天啊，这是要了我的命啊！"

三个"主人"一个菜都没敢点，她们的脸色很难看，吃不下多少东西了。

榠汐虚弱地靠在墙上，捂着眼睛，根本不敢看价格。墨尹一副欲哭无泪的样子，牙齿紧紧地咬着嘴唇。至于最贪财的玄枫，她都快晕过去了，下意识地清点着钱包里的钱。

"就这些了！"当梦渲说出这句话的时候，三人都松了一口气。

菜很好吃，梦渲五分钟就搞定一盘菜。她认为，民以食为天，不吃白不吃，反正不是自己花钱。

通过上次的对决，大家的魔法都大有长进。梦渲已经可以让时间停止半分钟左右了，露渲也可以把大面积的液体变成固体了。十二个女孩一天比一天团结，她们就是一个整体！这其实也是于老师希望看到的结果，她当时提出要和同学们对决，就是为了激励她们提高魔法能力并增进友谊。

梦渲喜欢这个学校，虽然功课繁重，但她还是喜欢，就是喜欢！再说了，和其他学校比起来，星子魔法高校的作业算是少的。每个周日，学校都让大家好好休息，不许老师布置太多作业，学生想干什么就干什么，只要不违反校规就行。电脑房、美术房等专用教室都开放，许多社团也选在那一天举行活动。反正这一天梦渲会雷打不动地睡到十点钟，然后起床，吃饭，看书——她什么社团都没报。

她这一天大部分时间都会在床上度过，谁叫她的床那么舒服呢！

第五章
运动会

让我去跑八百米？开玩笑！

"老师来了，老师来了，快坐好！"靠窗的同学大喊，教室里立刻寂静无声，大家都端端正正地坐在座位上，刚才的混乱情景丝毫没有痕迹。

"哟，今天这么乖啊！"于老师笑眯眯地走进教室。

听到这句话，全班同学立刻哄堂大笑。

"安静，上课前，老师先讲一件事，下下周周四学校召开运动会。"

底下一片窃窃私语声。

"忆风，你作为班长，安排一下参加的人员，这张纸上有项目名称和需要的人数，给你！"

忆风接过纸，想了一会儿，在上面写了起来。

"星忆风，给我看看。"玄枫轻轻地向她喊道。

"哦。"忆风递过纸。

"四百米，星墨尹；垒球，星子夜……八百米，星玄枫……啊？星玄枫？我？妈呀……"玄枫瞪着忆风，一脸痛苦。

"八百米？你搞错了吧？叫我跑那么远，间接谋杀吧？"玄枫用眼神向忆风传递信息。

忆风挑着眉毛，抿着嘴唇，转着眼珠，像是在说什么，可是玄枫一点儿都看不懂。

"你确定让我参加这个？我会累死的！我肯定是倒数第一！"玄枫再次用面部表情传达信息给忆风。

忆风面部一阵抽搐，还打起了手语，不过玄枫还是看不懂。

"你到底在说什么？"玄枫做了一个表示疑问的表情。

"哎呀，你最厉害了嘛……"玄枫终于看懂了一句，可是后面的还是看不懂。

"我是说，上次咱们玩游戏的时候，五个人从校门口追你到阶梯教室，追了整整一刻钟才抓住你，所以说，你一定可以的，加油！"下课后，忆风立刻向玄枫解释。

"忆风，你为什么给我安排了一个短跑啊？我从小到大就没参加过运动会项目，我告诉你……"椋汐也来抱怨。

"你的爆发力很强，你没有注意到每次体育课跑步你都是前半圈第一名，后半圈倒数第一名吗……"

"忆风，我真的不会跳远……"

"不会可以学，再说了，你的腿那么长……"

"忆风，我不要跑一千六百米……"

"你的耐力很好的，相信我……"

看来，对忆风的安排不满的不仅是玄枫一个人啊……

老师专门安排了一节课来演练运动会的入场式。椴汐吵着要举班牌，她说她上学以来每次运动会都是举班牌的，并且列举了一大堆由她举班牌的好处。于老师也就同意让她举了。玄枫很羡慕这个差事，可是她不敢贸然行事。她甚至有点儿讨厌椴汐，如果椴汐不毛遂自荐，于老师说不定就叫自己去了……不过，还是自己太被动了，应该主动一点儿的……现在她只好走队列了……

玄枫不知道于老师会怎么排十一个人的队列，便饶有兴致地看着。

于老师把十一个人排成了一个三乘四的方阵，最后一行的中间空着，形成一个类似旗帜的方阵。

椴汐在前面面朝着大家，雄赳赳气昂昂地晃动着班牌，做出各种鬼脸。于老师毫不知情，仍然微笑着看着大家。

和以前学校里的运动会入场式一样，只不过是走走队列而已。大家都不是小学生了，不吵不闹的，一会儿就训练得很好了。

于老师好像没料到大家会这么高效，她愣了一下，说："开始为比赛项目做准备吧！"

一个班十二个人，每人都分到了一个项目。

"参加跑步的，不管你是短跑还是长跑，都先在操场上跑上两圈！"于老师下令。

"耶——"不参加跑步的人沾沾自喜。跑步的那一小堆人怨愤地看着她们。

"不跑步的，好像都是力气活，去做引体向上吧，每人十个。"于老师笑了笑，但她温柔的笑容在同学们看来却有一股凉意。

"我还是更喜欢跑步，而不是一个都做不起来的引体向上。"不知道是谁这么说，很快就获得了很多人的赞同。现在该轮到不跑步的人怨愤地望着跑步的了。

"跑！"跑步堆里不知道谁喊了一声。

几个人立刻飞跑起来，把剩下的几个撂在单杠前。

"你们也可以开始了。"于老师喊道。

几天的训练颇有成效，大家在体育方面都有进步。

明天就要召开运动会了，玄枫无疑是兴奋的，运动会至少比期末考试好玩多了吧！可惜，自己参加的八百米太累人了，要是换个五十米该多好……

想着想着，她趴在房间里一点儿都不冷的雪堆上睡着了。

玄枫醒来的时候，宿舍里一个人都没有了。她看看钟，才七点，不是七点半上课吗？平时七点一刻起床，然后迟到的不在少数，今天怎么都不见了呢？

玄枫正纳闷呢，突然雪落气喘吁吁地跑进来了："玄枫，你你你……你终于起来了！好几次……我们找你……你的房间我们进不去……你忘了……今天七点要到教室的啊……我们班入场式都快开始啦！"

玄枫脑袋里"轰"地一响，没错，于老师昨天是这么说的。自己竟然给忘了！一定是那份该死的数学卷子搞的鬼，让自己脑袋一片混乱。

"怎怎怎……么办？"玄枫脑袋里一团糨糊。

"走啊，我出来时天班刚结束！"

"走！"

玄枫和雪落向操场狂奔……

"什么时候来啊……"于老师都快急疯了，眼看着隔壁班已经上场了，可是玄枫还没来！

"于老师，怎么办？"不断有人这样问。

"于老师，等不到了，那么我们重新排列一下队形吧！换三乘三的队形……"有人这样建议。

"我们是一个集体，能等尽量等！"于老师说，真希望雪落不要"空手而归"。

不行了，隔壁班已经快下场了啊，人家在催了……

"于老师！于老师！"雪落气喘吁吁地跑来了。

于老师心中一惊，来了？太好了！"快快快，轮到我们了！"她松了一口气。

玄枫顾不上喘气就跑进了队伍，队伍马上向司令台移动。

队伍过去了，这件事也过去了。

玄枫没有挨骂，真是太幸运了。

上午的比赛只有一项，就是各个班的接力赛。先轮到天班和宇班，然后是凌班和南班，最后才是常班和星班。

"我们先去练练！"于老师提议。

十二个星座女孩来到广场边，准备再练习一下。第一个起跑的是楒汐，她反应快，短跑很厉害。她冲了出去，拿着擀面杖撒腿狂奔，一把塞给了墨尹。墨尹不管是长跑还是短跑，都不错，把她排在这个位置是为了保持速度。她迈开两条长腿，没跑几步就把擀面杖塞到了忆风手里。忆风稳稳地接住了擀面杖，跳跃着往前跑，她一下子冲到了露渲身边，远远地就伸长胳膊把擀面杖递给了她。露渲跑得相对慢一些，但有前面几个同学创造的有利条件，她也不会太拖后腿。她尽量迈大步，学着忆风的样儿远远地就伸出了手臂。梦渲一不留神，没接住。但她的反应极快，在擀面杖落地之前，她就伸出手捞住了它，并安全送到了玄枫手里。玄枫跑得不快，但她还是努力地前进着，把擀面杖递给了子夜。子夜是跑得最快的一个，即使她差点儿没接到，也不影响她的速度，她就像一阵风一样冲到了雪落的身边。雪落算是跑得最慢的一个了，但她还是努力着，直到将擀面杖递到于荨手里。于荨瞬间就跑了出去，咬着牙，头上微微沁出了汗珠，跑到中间的时候，她打了个趔趄，差点儿摔跤。菀轩一接到擀面杖就开始狂奔，直接把它塞给了槿熙。槿熙一接到就起跑，不断加速，冲向菀婷。菀婷稳稳地接住了擀面杖，一下子冲了出去，冲过了白线。

"不错！"于老师说，"大家都表现得非常好，我们一定会拿第一，加油！"

她们回到操场，正赶上第二场接力赛开始。她们看了看，觉得还是自己班好一点儿。

不一会儿，第三场比赛就开始了，大家兴奋地聚集在跑道上，准备开始。

随着一声尖厉的哨音，槐汐猛地冲了出去。旁边跑道上的人也不甘示弱，加快了速度，不过还是比槐汐慢了一点儿。星班抢占了先机，一个个铆足了劲儿，差不多要飞起来了。比赛结束，每个人都喘着粗气，脸上红红的。

没过多久，比赛结果公布了，星班排在第二。为此，每个人都有点儿失望，她们以为自己肯定会拿第一。

"亚军也很好了！"大家互相安慰。

下午有玄枫的八百米比赛，她跑得那叫一个惨不忍睹，不过，好在没垫底。

她是倒数第二名。

终于跑完了，可以好好地放松放松了！玄枫拿着照相机在学校里瞎溜达，这儿拍拍，那儿拍拍，她觉得，毕业的那一天再拿出来看，会很有意思的。

她还想练练魔法，于是走到司令台背面，开始施展自己的魔法。她闭上眼睛，看到自己走上司令台，递交加油稿，结果下来的时候，不小心摔了一跤，从一米高的司令台上摔了下来！

她叹着气往回走，正好撞上了于老师。

"你有空吗？"于老师问。

玄枫点点头。

"那么，你来写加油稿吧！给我们班的健儿们加加油。"

五分钟后，玄枫从司令台上狠狠地摔到了塑胶跑道上，差点儿被迎面跑来的运动员踩了一脚。

虽然摔得很疼，但至少证明她的预测是准确的。

玄枫带着她的相机继续到处逛，最后回到了自己班的休息区。她坐下，托着腮帮子发了一会儿呆。突然，几大滴水珠落到了她的脸上，玄枫吓了一跳。她回头一看，子夜愣愣地站在那里，脚下的水泥地湿了一片。

"对不起，我还是控制不了我的魔法。"子夜不好意思地摸着头。

突然，于荨不知道从哪里冒了出来，敢情她刚才一直在隐身？！接着，棋汐从天而降，落到了玄枫前面的座位上，敢情她一直在自己的头顶上飞？！一道金光乍现，紧接着，槿熙从自己制造的结界里面跨了出来。菀轩突然出现在玄枫的右边，而后面一直在统计分数的体育老师一下子变成了雪落。刚才还不见人影的休息区，一下子冒出了六个人！这着实把玄枫吓了一跳。

"你们在玩什么！"玄枫大喊。

另外六个人耸耸肩，异口同声地说道："太无聊了，练练魔法。"

第二天的比赛项目安排得很满，玄枫本以为已经跑完八百米并成功出局的自己应该不在忙碌的人之列，然而千算万算没有算到播音台会因为人手不够而来高一找帮手。玄枫因其没事干的姿态和温顺的外表被抓去做壮丁了。

"你不要慌，这很简单。"学姐耐心地告诉玄枫工作的细节。

玄枫胡乱地点了点头，接过话筒，小声道："下面公布高二年级女子四百米决赛名单……"

学姐说："太轻啦！"

玄枫清清嗓子，朗声道："下面公布高二年级女子四百米决赛名单……"

学姐说："同学你话筒没开啊。"

玄枫尴尬地笑笑："是吗？我……我知道，我练习呢。"

玄枫开了话筒，第三次读："下面公布高二年级女子四百米决赛名单：第一道，褚班褚恬；第二道，文班文安青；第三道，蓝班蓝匪匪。"这蓝匪匪的名字读起来怎么这么奇怪呢？她不打算深究，接着说道："再播报一遍……"学姐却一把抢过了话筒。

玄枫惊异地看着学姐，学姐的表情很复杂："你刚才读错了。那不是褚班，是诸班，诸班诸恬。"

玄枫摸摸脑袋："嘿嘿，没看仔细，不好意思啦。"

"文班那个，也不是文安青。"学姐继续说，"她叫文安婧，最后一个字念 jìng。蓝绯绯的绯，是第一声，而不是第三声。"

一想到刚才全校师生都听见了自己的播音，玄枫就恨不得立刻从播音台上消失。她居然连着读错了仅有的三个名字！天哪！

学姐深吸一口气，刚想说些什么，就听后面一声喊："文翘，秘书长找你呢！"学姐一拍脑门："哎呀，学生会的例行检查还没落实呢！"她不放心地看了一眼玄枫，又叫边上那个胖乎乎的学长多指点指点玄枫，然后就飞快地跑开了。

玄枫迷茫地看着胖学长，胖学长也迷茫地看着她。

在学长的指点下，玄枫慢慢地熟悉了播音工作。她自信满满地读着加油稿和比赛安排表，得意地俯瞰着整个操场。在秋日明丽的阳光下，她愉快地眯起双眼，觉得自己比其他同学都要特别。然而随着大家投稿逐渐白热化，送来的加油稿成箱成箱地增加，玄枫很快从气定神闲变成了手忙脚乱。她疯狂地筛稿、计分，胖学长在一旁激情洋溢地播音。文翘学姐回来了一次，见玄枫动作熟练，满意地点了点头，又跑去忙了。玄枫只能继续苦哈哈地整理稿件，直到中午，文翘学姐才对她说："辛苦了，下午可以休息了。"

"你去哪儿了？"槿熙在食堂一见到玄枫就问。

玄枫刚想回答，忆风就说："她去播音啦！你没听到广播里有她的声音吗？"

"哇，播音！"子夜端着一碗面凑过来，"我还从来没在运动会上播过音。你觉得好玩吗？"

玄枫垂着头，一脸懊丧地说："别提了，一开始还觉得很新鲜，后来就很无聊了。再加上稿件越来越多，我都成专门的筛稿员了，后来全是那个学长在读啊。"讲到这里，她夸张地一抽鼻子，越来越觉得自己辛苦又委屈。"那个学姐，不知怎么，就盯上了我，让我去播音。我刚拿到第一份稿子，就把仅有的三个名字都给读错了，丢脸丢大了！我在烈日下汗流浃背地工作，送来的稿件越来越多，我辛辛苦苦地筛选，兢兢业业地播音，仔仔细细地计分，他们学生会的人却连声'谢谢'都不对我说……"说着说着，她真的觉得难过极了，连饭也吃不下了。接下来的大半天她一直对上午的义务劳动耿耿于怀，完全忘了自己当时得意骄傲的心情。

运动会结束后的某一天，玄枫上完体育课回到教室，看见自己的桌上放了几张纸。第一张是一张志愿服务的奖状，第二张是学生会的报名表，第三张是一张便利贴，上面写着：

同学，谢谢你协助我们播音。这张志愿服务的奖状可以给你的期末总评加分。如果你愿意的话，可以报名加入我们学生会，希望以后可以在学生会见到你。

学生会主席　文翘

玄枫一下子就咧开嘴傻笑起来，之前的不满瞬间烟消云散。忆风探过头来，问玄枫这些是什么，玄枫得意扬扬地向忆风展示："虽然我很高兴学姐邀请我加入学生会，不过我并不打算去。学生会的工作实在是太麻烦了。"

忆风却拿过了那张报名表，挠了挠头，若有所思。

第六章
小猫事件

其实校规并没有提及关于养宠物的事情，也就是说，理论上这件事是可行的……

转眼间，这学期就已经过去了将近一个月，十二星座女孩建立起了深厚的情感。秋天，窗外一片萧瑟情景，777号宿舍里却洋溢着温暖的气氛。

六点半，星座女孩们都吃好晚饭，陆陆续续地回到了宿舍大厅，或是忙着做作业，或是干其他事情。温暖的橘黄色灯光把宿舍照得暖融融的，格外安静祥和。

忆风正在和梦渲、菀婷、露渲一起玩大富翁，她目前是最穷的那个，老闯到人家的地盘上，交了不少罚款。她有点儿恼火，但还是坚持玩下去。

"哈哈，你又到我的地盘上啦！交罚款！"菀婷得意扬扬地对忆风说。

忆风穷得叮当响，恋恋不舍地摸出几张纸片来，交给了菀婷。

玩好这一局后，她不想再玩了，坐到菀轩边上和她搭话。

"你看见雪落了吗？"忆风问。

"没有。"菀轩回答。

"吱呀"一声，门打开了，雪落走了进来，怀里还抱着一团破抹布。

"你抱着抹布干什么？"忆风快步走上前，问道。

"这是一只流浪猫。"雪落充满怜惜地说道。

突然，全场肃静，大家都听到了这句话，她们立刻围拢来，仔细看这只猫。

这是一只还没有完全长大的小猫，身上的毛脏兮兮的，辨认不出品种和颜色，腿上、身上有好几处结痂，尾巴上的伤口还没有完全愈合。小猫一双乌溜溜的眼睛可怜巴巴地望着她们，显得格外凄惨。

"We must help it（我们必须帮助它）！"擅长英语的菀婷说。

"对。"雪落点点头，"我把它带回来就是为了帮助它。"

"可是老师会同意吗？"忆风插嘴。

雪落想了想，说："应该不会同意，所以咱们要瞒着老师啊！"

"要是被老师发现了怎么办？"椋汐担心地说。

"你胆子怎么这么小，只要我们不说，老师就不会知道的！"于荨说。

"我看救猫要紧。"菀轩幽幽地来了一句。

"没错！"

一群充满爱心的女孩前呼后拥地围着这只害怕得"喵喵"叫的小猫，叫嚷着向浴室走去——她们要给小猫洗个澡。

十二个人挤在这间不大不小的浴室里，忙前忙后。不知谁拧开了水龙头，放了半缸温水，然后，十几双手把尖叫着的小猫泡在了水里。小猫努力想要爬出来，却又被几只手同时给摁了下去。小猫不再反抗，只是不停地发抖，算是听天由命了。

好不容易清洗干净，小猫的本色显露出来了。

这是一只玳瑁色的狸花猫，很可爱，四只爪子是白色的，尾巴很长，上面布满了花纹。

"我们应该给它上药，它的一只脚上有伤口，还没有痊愈。"有人说。

大家又簇拥着小猫，争着给它涂消毒药水，涂药膏，包纱布。不一会儿，小猫的脚就被绑上了绷带，它颤颤巍巍地站了起来。它大概知道了星座女孩们是好人，所以不那么害怕了，开始好奇地打量大厅上方的水晶吊灯。

"嗯……叫你'小喵'，怎么样？"忆风轻轻戳戳小猫的身子。小猫害怕地缩了缩，怯生生地看着她。

"沉默就是默认了哦……"忆风说，"就叫你小喵了。"

"只是，它晚上睡在什么地方呢？"露渲担心地问。

"我们为它做一个窝吧！"椋汐说，同时掏出了一把剪刀。

"算了吧！"梦渲翻了个白眼，"睡地毯上就可以了，从我房间里揪几块棉花糖垫上。"

忆风醒来，摩天轮正好把她带到了最高的地方。她耐心地等待轿厢转到最下面，然后跳了出去。昨晚是不是发生了什么事情呢？她不太想得起来了。她坐在地板上绞尽脑汁，总算想起来了昨晚发生的"大事"。

"对了！小喵怎么样了？"她嘟囔着走出房门。小猫蜷缩着身子睡在地毯上，什么事也没有。大厅里，大概半数的人正在议论着什么。

"你们在说什么啊？"忆风上前凑热闹。

"我们上课的时候，小喵怎么办？"菀婷一脸严肃地问。

"待在宿舍里啊！"忆风随口一说。

"小喵会叫，会到处跑，会从窗口跳下去。昨晚你也听见了，这只猫叫得还不是一般的响！"雪落一本正经地说。

"对哦……"忆风也犯愁了，"总不能把它捆在架子上，塞住嘴巴吧！"

"瞧见了吧，这就是问题！我们怎么解决啊！"菀轩无奈地摊摊手。

"对了！"椋汐一拍手，"你们记不记得天班的天晴海？"

大家摇摇头，她们都没印象。

"我认识她，她的魔法是控制声音啊！"椋汐又一拍手。

"太好了！快去把她请来吧！"于荨脱口而出。

"那我走咯！"椋汐挥挥手。

"我陪你去吧！"忆风说，"我正想去溜达溜达。"

"太好了！"棂汐张开双臂表示欢迎。

"你们是怎么认识的？天班和星班距离这么远！"在向电梯走去时，忆风问棂汐。

棂汐简单地说了两个字"chén wán"。

"陈完？尘丸？"忆风莫名其妙，"哪两个字？"

"这都听不懂！"棂汐有点儿不耐烦，"晨练的晨，玩耍的玩，就是早晨出来玩。我们都有这个习惯，就这么碰上了。"

忆风跟着棂汐走出了电梯，一直走到绿化带附近。

忆风纳闷地看着棂汐走来走去，一会儿转到树后瞧瞧，一会儿在草丛里张望。走过了大半个绿化带后，一个瘦瘦的短发女生从玫瑰花丛里蹦了出来："喂，星棂汐，你今天怎么这么晚！"

忆风循着声音看去，一个女生正从一丛玫瑰里钻出来，她惊出了一身冷汗，心想，这女生不怕被刺扎吗？她看看棂汐，想要和她交换一个惊慌的眼神，谁知，棂汐眼里不仅没有惊慌，反而还有一些不屑。

"你不敢躲这里吧？"天晴海说。

"我不敢躲？"棂汐指着自己的鼻子，"我连校长办公室都躲过，还不敢躲这玫瑰花丛？"

"我还躲过池塘底呢！"

"好了好了，说正事！"棂汐偷偷瞥了一眼忆风，"我们昨晚……"

"啊？真的！"两分钟后，天晴海张大了嘴。

"你可别告密。"忆风一脸严肃。

"不会的不会的，只是，我还不能完全让某个生物的声音消失……它自己还是听得到的……"天晴海皱起了眉。

"这样最好。"忆风把双手搭在一起，老老实实地说道。

"你可以吗？"椋汐按下电梯里七楼的按钮时问天晴海。

"可以！我是谁啊！"天晴海爽快地说。

"你敢打包票吗？"忆风走进电梯时问。

"应该行的，我都练习了这么久了。"天晴海犹豫了一下。

"不会出错的，对吧？你确定吗？"椋汐问。

"……可能吧……"

天晴海不该说刚才这一句话的。

"啊！那怎么办，不行的话怎么办？你真的不敢打包票吗？天哪，这可如何是好？"椋汐捂着耳朵显得很痛苦。

"怎么会这样！你要加油啊，不能失败啊！这怎么能失败呢？要是失败了，麻烦就来了。"忆风也开始焦虑。

"对啊，不能不行啊！"椋汐简直快哭出来了。

"怎么办怎么办怎么办？啊——我快疯掉了！怎么办？"忆风抱着脑袋使劲摇。

两人一直喊到七楼。

"你们回来了？人……"菀轩迎上去打开门，她忘记天晴海的名字了，"人质带来了吗？"

"人质？"天晴海吓得往后一跳。

"她说错了。口误！"忆风连忙解释。

"猫呢？"天晴海问。

梦渲把手指向地毯上睡眼惺忪的小猫。

"发现目标。"天晴海挑挑眉。

天晴海向小猫走过去，指尖互相摩擦着，一路释放出从少到多的银色气体。她走到地毯边上，转过身，双手一抬，银色的气体聚到她的手心里，形成一个缥缈的球。她面对小猫，双手凭空一按，球击到小猫就碎了，小猫惊恐地站起来，嘴巴一张一合，但是发不出声音来。

"晚上魔法就解除了，明早我再来施魔法。"天晴海耸耸肩，走了。

"呼——总算搞定了！"露渲松了一口气。

"去吃早饭！"不知谁高喊一声。

"走！"

"向食堂前进！"

"小喵吃什么？"

"对哦……"

"牛奶泡面包，营养易消化。"槿熙说。

"我们吃完早饭后给小喵带来。"子夜轻轻地说。

食堂的早饭一如既往地好吃，种类也很多。清藤每天会给食堂供应土豆饼，它们大受欢迎。食堂还有一个特殊窗口，每天供应各种奇奇怪怪的食物，基本上都是厨师学着某本故事书上的菜谱做的。

忆风去看那个窗口，上面写着"暖心汤"三个大字。忆风感觉好熟悉，仔细一想，好像是《魔女宅急便》里面的一道菜。书上说，做这个汤要加杂七杂八的野菜种子，一边放，还要一边说"放一撮，放两撮……"。希望食堂阿姨做得更好吃点儿。她盛了一碗，汤上还漂浮着一个土豆丸子。尝尝看，味道不错，就是有点儿烫。大概是厨师为了起到"暖心"的作用，故意没有放凉就端出来了吧！不过喝下去，确实胃里暖暖的，很舒服。

大家吃得不亦乐乎，几乎每一种早饭都被她们尝过了。子夜胃口小一点儿，她吃了两碗小馄饨后便矜持地擦了擦嘴。星座女孩们的胃口并不是很大，两碗小馄饨实际也没有多少分量。

"第一节什么课？"玄枫问槿熙。

"稍等，"槿熙看了一下课程表，"体育！太棒了！"

"你看岔了吧！今天是周四，不是周五，明明是物理，万恶的物理啊！"菀婷做了个抱头痛哭的动作。

"我作业肯定又错光啦！物理老师又要骂我了！呜呜呜……"梦渲摇着露渲的肩头。

"今天……昨天老师好像说今天要考试……"棋沙打了个哈欠。

"啊？考试！我们快点儿走吧！小心被老师骂一顿！"于荨非常非常非常担心地说。

槿熙已经背上书包跑出了门外。

"啊啊啊！救命啊！"忆风拉着菀婷冲了出去。

几秒钟之内，十二个人就走了十一个。

"你们等等我啊……"雪落一边背书包，一边喃喃自语，"真不够朋友。"她站起身来，留恋地看着剩下的半个比萨。"好东西不能浪费……"她捏起像自己的脸那么大的比萨，慢吞吞地走了出去。

雪落走到教室门口时，比萨还剩下四分之一。她一边吃，一边走进教室。物理老师正在狠狠地瞪着她，同学们也在茫然地看着她。

老师瞥了雪落一眼，说："考试了，桌子拉开，我发试卷。"

忆风觉得这次的题目好难，但幸好都做出来了。考完试，不少同学都松了一口气。

"你们谁给小喵送食物了？"玄枫问。

"啊！忘了！"子夜一声惊呼。

"怎么办怎么办……"露渲大叫。

"让菀轩去，她会瞬移，很快。"槿熙比较镇定。

"可是——"菀轩面露难色，"我只会在一个平面内的瞬移，这个我不行啊！"

"那么就让椋汐去，飞也是很快的。"槿熙面不改色。

"好！"椋汐从花坛腾空而起，艰难地转了一个方向，然后斜斜下降，去了一趟食堂，马上又飞向北极星777。

小猫在地毯上走来走去，似乎很焦急的样子。一看到椋汐放下的牛奶泡面包，小猫就安静了下来，快速地舔着盆子里的牛奶。

榠汐要赶紧走了。下课只有十分钟，考试占掉了三分钟，下节课又是魔法理论考试，于老师必定会提前到。

榠汐气喘吁吁，连跑带飞地回到教室外的走廊上，于老师就在她前面。她不敢走到于老师前面，只好跟着，满头大汗地回到座位上。

于老师皱皱眉，示意她把汗擦干，就开始发试卷。

下午的课本来比较轻松，有一节不布置作业的课——音乐。只可惜，中午于老师接到通知，说音乐老师有事出去了，下午由她代课。好在于老师不打算考试，而是让同学们继续练习魔法。

大家还是去了那片空地，这里已经成了她们练习魔法的"专用领地"。

于老师的前半节课通常讲理论，这时，十二个人会排成两排，用体育课"稍息"的姿势听讲。

"今天我们讲的是第十二课：魔法相对论。大家知道著名的相对论，此课题就是由此延展开来的……"于老师滔滔不绝。

玄枫觉得无聊至极！她懒得听了，默默地试着预知未来。

她是初学者，不能预知太遥远的东西。她试着预测小猫的未来。

……小猫走出了777，然后沿着楼梯走出了北极星。玄枫不怕小猫走失，因为她觉得小猫很聪明。

继续把时间轴向后移一点儿，大概到五分钟后。

……小猫逛到了校园西角，在沙坑附近玩耍。几个很眼熟的男生走了过来……

玄枫有一种不祥的预感。

……几个男生围着小猫，挡住了玄枫的视线……

玄枫心里"咯噔"一下，小猫恐怕要被玩死！她想起那几个男生是谁了，就是隔壁常班的几个二愣子！开学初还打过架来着！

必须通知其他人，必须去救小猫！玄枫这么想。可是，她的位置是最偏的，并且在第一排，而于老师非常反感学生上课时窃窃私语。

她想了想，把视线对准了后排的墨尹。

她装作系鞋带，顺势转过身去，死盯着墨尹。墨尹用眼神询问玄枫。玄枫用夸张的口型表示出"读心术"的样子。墨尹似乎明白了，点点头。

玄枫赶紧回顾刚才预测到的事情，还配上了文字解说。

墨尹看完，皱起了眉头。她小声告诉身边的棂汐和于荨，棂汐和于荨又转告给了后排所有人。

于荨从口袋里掏出一沓便利贴，用别在上衣口袋里的便携笔写了几个字，偷偷地塞给前排的几个人。不一会儿，十二个星座女孩都了解到了此事。她们对了个眼神，似乎明白了该做什么。

"三、二、一……"玄枫用口型和手势示意。

霎时间，棩汐蹿到了高空，这好比发射了一颗信号弹。于寻隐身了。雪落易容成了另一个人混进了人群。菀轩瞬移了。槿熙跨进了结界，缓慢前进到树后面，然后撒腿狂奔。剩下的几人像是约好了似的，一同狂奔。短短两秒钟的时间内，十二个人就凭空消失了，只留下于老师傻傻地站在原地。

十二个人在离沙坑不远的地方会合了。沙坑那边，五个男生把小猫围得严严实实。

她们交换了一个愤怒的眼神，随即便昂首挺胸地走过去，打算警告那帮不知天高地厚的男生！

"唰"的一下，沙坑被子夜发射的水弹击出了一个坑，水花溅到了五个男生的身上。他们回头一看，星班的女生们正愤怒地向他们走来。

露渲随手摘了几片叶子，把它们变硬，"唰唰唰"扔向几个男生，并大声质问他们："你们在干什么！"

"我们……"男生 A 因为吓了一跳，声音都有点儿发颤了，"我们只是看看这只可怜的小猫。"

男生 B 紧接着说："这猫一定是迷路了。"

"你才迷路呢，笨蛋！"菀婷爆了粗口，"猫就在这里好好的，用得着你们管啊！"

男生 C 开口道："哎哎哎，你这小……"但他被男生 A 迅速捂住了嘴。

男生 A 说道："各位大小姐，各位美女，各位公主，我们……呵呵……这就走。"他对着男生 C 的耳朵说："女汉子你惹不起。"

既然人都走了，星班的女孩们也就不追究了，抱起小猫就向北极星走，谁都没注意要经过于老师的面前。

于老师莫名其妙了好一会儿，她搞不懂为什么学生突然走掉了。几分钟后，她看见十二个同学正簇拥着一只小猫往前走，心里百感交集。其实，星子魔法高校是可以养宠物的，只是高一的新同学不知道。她感动于学生们对动物的爱护，但更多的是对她们逃课的愤怒！

"你们啊，爱护动物，老师我很欣慰，"回到教室，于老师语重心长地说，"可是你们不能擅自逃课！不过，你们只逃了几分钟而已，我就放过你们。"

"于老师，您太善良了！"同学们欢呼道。

"可是！"于老师加重了语气，"校规不会放过你们……"

不好的预感在滋生……

"抄《魔法理论》第二章，每人十遍！"于老师慢吞吞地说道。

"啊！"

"Help（救命）！"

第七章
论文与网络

政治课本告诉我们：网络是一把
双刃剑……

"魔法相对论是由……什么来着？"墨尹抓抓脑袋，问举着书的椋汐。

"是由爱因斯坦的……"椋汐慌慌张张地把视线移到第一段。

"停，不要说……是由爱因斯坦的相对论引出的，全称为星座魔法相对排除论。"墨尹继续背下去，"此论主要观点为：魔法在绝对时空观中存在物质属性……"

"可是为什么呢？"椋汐提醒墨尹。

"可是为什么呢？这一切又都有什么关系呢？……"墨尹又背不出了，"可是为什么我们要背诵这该死的课文呢？这一切看都看不懂的理论知识和我们的魔法实践又有什么关系呢？"

"跟魔法实践没有关系，跟我们的分数可是有大大的关系。"子夜叹了口气，她的指尖上环绕着水珠。

"人生就是这么痛苦!"墨尹点头赞同。

"好了,看来同学们都背出来了,那么,我们现在来试一遍!"于老师带着鼓励的神情,站在讲台上望着同学们。

"魔法相对论是由……"稀稀拉拉的声音响起,背到一半,又停住了。然后,教室的某个角落响起了翻书的声音。"爱因斯坦的相对论引出的。"翻过书的某人怯生生地说。

"爱因斯坦的相对论引出的!"十二个女生雄赳赳气昂昂地背着,背完一句之后,教室里又寂静无声。

于老师说:"看来大家还没背熟,这样吧,还剩下十分钟不到就下课了,你们下课再背。我现在有几件事情要跟大家说。"

教室里一片喧哗。

"首先,学校里要举行一个征文比赛,要求是三千字以上的小论文……"于老师的话没讲完,她的声音就被一阵长长的叹息声淹没了。

"每个班上交一篇!"于老师提高音量,"所以每个人都要写,你们明白吗?"

"为什么?!"几个作文"困难户"抗议道,"我们的文章怎么都选不上的!"

"知足吧!"于老师瞥了她们一眼,"隔壁常班每个人要写两篇!你们还是很幸福的!"

"下一个消息是什么?"槿熙问,"好消息还是坏消息?"

"好消息,"于老师微笑着说,"学校决定给每个宿舍装一台电脑!这会儿,他们应该正在你们的宿舍里安装。"

"太棒啦！"欢呼声一浪高过一浪。

"不要激动，同学们，冷静！"于老师笑眯眯地说，"课文还没背出来呢！"

"噢。"声音低落下来。

"论文下周五前必须交哦！"于老师带着诡异的笑容说。

"真搞不懂为什么每个人都要写！还说主题不限！更难写好不好?!"宿舍大厅里，雪落生气地踱着步。"你们都要写的哦，你们够幸福的了！"雪落把自己的脸变成于老师的脸，学着于老师的语气说。

"待会儿我要去电脑房写论文，宿舍里装一台电脑约等于没有。"桤汐一边双脚悬空整理书包，一边说。

"作业都做不完，还要写什么论文！"玄枫一边奋笔疾书，一边咬着牙说，"可恶的学校！"

"桤汐，我跟你一起去电脑房写论文。"墨尹无奈地说。

"不叫上菀轩吗?"桤汐问，"她不是也说要写吗?"

"她手写的，不打字。"墨尹望了桤汐一眼，又示意她看看菀轩的方向。

菀轩靠在一张扶手椅上，膝盖上摆着一本精致的硬皮笔记本。她一边写，一边摇晃椅子，突然，一下子栽到了地上。

桤汐和墨尹忍住没笑出声来，默默地走到了门外。

"为什么！为什么他们不能在一起！"露渲疯狂地摇晃

着梦渲的肩膀，电脑里正在播放一部韩剧，正好放到男女主角擦肩而过。

"让开让开，轮到我用啦！"玄枫烦躁地说。

"啊？再看一集好不好？就一集啊！"梦渲简直要抱住玄枫的腿了。

"一集要一小时啊！"玄枫说道，"让开，我要办的是对大家都有好处的事！"

"好吧。"露渲垂头丧气地离开了座位。

玄枫打开搜索界面，在搜索栏内输入了几个字，五分钟后，她打开了一个网页，上面写着：作文生成器。

"它真的可以写作文吗？"子夜好奇地问。

"不全能，它只能提供最难的开头和结尾。"玄枫说。

"可是我们要的是论文啊！"菀轩凑近看了看。

玄枫没有说话，只是默默地勾选了"议论文"这一栏，又在字数这一栏输入了"3000"。

"既然只写开头和结尾，那为什么要字数？"于荨不解地问。

"当然是为了比例合适。"玄枫转过头来，"不然会显得很怪。"

"先来看看题目。"玄枫继续操作，"······我喜欢茶文化。"她在"关键词"这一栏填入了"茶文化"，下面立刻跳出来一个题目：论茶文化的历史与发展。

"Cool（酷）！"菀婷瞪大了眼睛。

紧接着，开头和结尾也跳了出来。玄枫把这些复制下来，放到文档里，开始写论文。

"开头结尾占了将近一千字啦！"梦渲张大了嘴，随后露出了狂喜的表情，"你先停一停吧，这个借我用用！"

"可以！"玄枫得意扬扬地说，"我可是造福了全人类哦！哈哈哈……"

"借我用用吧！"

"给我看看好不好？"

"哎呀，你也借我用用吧！"大家都求玄枫把这个"作文生成器"借她们用一下。

只有三个人没求玄枫，论文已写完一半眼下正黑着脸的椋汐和墨尹，以及看似胸有成竹的槿熙。

"我自有办法。"槿熙挑起一抹自信的微笑，钻到了结界里。

只花了三个晚上，除槿熙外的十一个人的论文就都写好了，离交稿期限还有八天呢！

"你们的论文写得怎么样了？多的……"魔法课前，于老师正询问进度，却被同学们的齐声回答打断了。

"写好了！"十一个同学说。于老师生生把后半句话"多的可能有两千字了吧！"噎在了喉咙里。

"这么快！不会吧！"于老师又惊又喜。随之而来的是疑惑：十一个人，作文困难户并不少，不按时完成作业的也很多，怎么才三个晚上的时间，大家就写完了呢？

"你们怎么会这么快？"于老师皱起了眉头，"光是打字就要好久！更何况你们宿舍里只有一台电脑！来，论文给我看看！"

"老师，我们用QQ发给您了！"

"那我一会儿去看，现在上课！"

看着一篇篇论文，于老师觉得很奇怪，对于作文较好的同学来说，提交的论文略逊于平常的水平；对于作文差的同学来说，这又有点儿好得不正常。更加蹊跷的是，除了星棋汐和星墨尹，其他九个人一律使用了首尾呼应的手法——平时上课经常讲，但真正写作文能有几个人活学活用？而且开头还一律使用了排比的修辞手法。蹊跷，真是蹊跷！

于老师虽然是班主任，但对同学们的作文水平也只有个大概的了解，她决定去请教作文老师。

"不像，不像……"教作文课的西老师频频摇头，"不像她们的风格。星子夜的开头一向精简明了，这一次怎么那么拖沓？星露渲，她平时的作文并不算好，甚至可以说是很差的，这一次怎么会……啧啧啧……比平时好了这么多呢？！这十一篇作文里，只有星棋汐和星墨尹的文章跟她们平时的文笔一致。"西老师把这两篇挑了出来，继续分析："其他的几篇，文笔都出奇地一致，并且……很'经典'，连字数都差不多。于老师，她们可能是请别人代笔的！"

于老师听到这么个结论，下意识地皱了皱眉，她要问个清楚！

"于老师，这是回家作业的情况。"班长忆风一脸严肃地说道，"十一个人上交，一个人忘在宿舍，正去拿。"

"嗯，可以。"于老师喝了口茶，"星忆风，辛苦了，坐下吧。"于老师拖来一把椅子摆在办公桌的对面。

忆风心里"咯噔"一下，她知道，一定是论文的事情！于老师会盘问她！换作平时，她肯定是会老实招认的，可今天情况不同，她还代表着其他人！不能说，坚决不能说！

"忆风啊，你们的论文我看过了，大家都写得很好。"于老师特意把"大家"两个字强调了一下。

冰雪聪明的忆风怎么会不明白呢？她依然保持着礼貌的微笑，毫不脸红地说："老师，大家确实在作文方面有进步呢！我们为了提优补差，特地安排了时间一起写论文，每一句话都是大家仔细琢磨过的。"

"哦，是吗？大家想得可真是周到啊！"于老师带着温和的微笑，呷了一小口茶，"写得这么统一，那几个作文好的同学同意吗？比如星桹汐，她可是事事想着'不走寻常路'！"

"于老师，墨尹和桹汐没有参加，她们自己写好了，只是在细节方面帮助了一下作文差的同学而已。"忆风淡定地回答。

"星菀轩不是一直在写散文向杂志社投稿吗？她有空参加？宿舍里只有一台电脑，老师很好奇你们是怎样'一起写'的。"于老师挺起背看着星忆风。

"有几个同学借用了电脑房的电脑。"忆风努力地掩饰着。

于老师叹了一口气，把茶杯放下，靠在了椅背上，问道："你们……有没有……找别人给你们辅导？"

"没有，老师！"忆风装作很震惊，"几个作文好的同学足以帮助作文差的同学了，再说，我们也没地方请。"

"现在网络很发达的。"于老师说了一句貌似没什么关系的话。

忆风听懂了，于老师怀疑大家利用了网络！事实确实如此！

"确实很发达，不过宿舍的网络有点儿问题，很多网页都打不开。"忆风紧张地应答着。

"哦，是吗？今晚我叫校工来修修。"

"谢谢于老师！"

出了办公室，忆风的心都快跳出来了！今晚之前，她们必须把因特网藏起来！

"没问题，交给我来做，简单！"椇汐说，随即忙碌起来。

"可是，现在已经是傍晚了啊！"忆风担忧地说。

"椇汐啊，我们一群人的小命就交给你啦！"露渲重重地拍了拍椇汐的肩膀。

没想到，才半个小时，椇汐就关掉了电脑，吃饭去了。

"真的可以吗？"墨尹挑挑眉，使用读心术，读到了椇汐的方法。

校工是个可爱的大叔，最喜欢看侦探小说，电脑技术也不错，可谓通得了马桶，批得了试卷，种得了玫瑰，砍得了荆棘。

他这次是打着解除网络故障的幌子，来查找上网记录的。具体情况于老师都告诉他了。他觉得自己接受了一个重要的使命——一定要查清楚真相！

校工大叔走到777门外，里面一片嬉笑声。他郑重地敲了敲门，门内的声音戛然而止。不一会儿，一个女生开了门，神色略显担忧，躲在门后睡觉的小猫赶紧跑了出来，紧张地看着校工大叔。

墨尹心里紧张得不得了！天知道"作文生成器"的事败露之后大家会落得个什么样的下场！不对……败露了也不关她的事啊……

校工大叔径直向电脑走去，坐下，开机。

熟悉的开机动画之后，映入校工大叔眼帘的是一大片蓝莹莹的图标。他揉了揉眼睛，心想，不管小丫头们耍什么花招，都逃不过他的火眼金睛！当他再度睁开眼时，却惊讶地张大了嘴巴！

桌面上满是因特网图标，大片大片蓝色的"e"简直要淹没整台电脑！名字也一律是"Internet Explorer（因特网浏览器）"。校工大叔双击一个图标，但它并不是网页。

校工大叔一下子蒙了，他想不到这几个小丫头还挺会耍花招的。不过，他的水平也不是吹的！

校工大叔想出了一个好方法。他新建了一个文件夹，把所有的"因特网"都拖了进去。随后他打开文件夹，仔细观察每个文件的类型，就这么找到了真正的因特网。

大家都看傻眼了，没想到精心设计的因特网迷阵就这么被破解了！周围瞬间陷入了死寂的沉默，星座女孩们开始不安起来。

网络并没有问题，校工大叔径直打开了网页历史记录，星座女孩们的心悬到了嗓子眼。

"咦，怎么是空白的？"校工大叔失落地说。

大家向删除记录的桭汐投去感激的目光，气氛又轻松起来。

"怎么会这样呢？"校工大叔沮丧地靠在了椅背上，下意识地点击了一下中间的搜索框。

天哪！搜索框下面居然蹦出了一列搜索记录！

大叔的背又挺直了，他逐个审查搜索记录，点击了一个非常可疑的关键词。

网页"唰"地跳转了，大厅里又出现了死寂的沉默。

校工大叔点开了一个网页，一看——

"真相大白。"校工大叔转过头来看着星座女孩们。

"你们啊，聪明用得不是地方！"第二天的魔法课上，于老师生气地教训她们，"十二个人，九个人作弊！这是怎么回事啊？！"于老师简直在吼叫。

"真是的，我当你们个个都是好孩子，还以为你们都很认真地在学写论文，"于老师的脸都气红了，"我以为你们真的去'提优补差'了！"

"于老师……"于荨怯怯地说，"可您也有点儿过分……明明每个班只要交一篇，您完全可以只叫几个作文写得好的同学来写……"

"我过分？"于老师生气地指着自己的鼻子，"我过分？你不知道常班每个人要写两篇？我还算过分？南班的老师发现哪一篇写得不好，就叫人重写！我过分？"

看着于老师这么生气，大家也都不发声了，默默地听着于老师的咆哮。

于荨吓得默默隐身。

"重写！"于老师深吸了一口气，"九个作弊的都给我重写！"

空气中瞬间充满了悲哀的气氛……

"哈哈，幸好我没作弊！"墨尹得意地躺在摇椅上，抚摸着膝上的小猫。

"幸好——"槿熙意味深长地望了墨尹一眼，"我还没……写完。"

"那你要抓紧啦！"墨尹忧心忡忡地说，"赶紧写吧！"

"明天我就差不多写好了。"槿熙说。

"可是，后天就是期限的最后一天啦！"墨尹觉得槿熙不可理喻。

槿熙却神秘地"嘿嘿"一笑。

　　最后一天，槿熙交出了一篇五千字的论文，着实震惊了于老师，也震惊了没见槿熙动过笔的同学们。

　　"你到底做了什么？"大家都这么问槿熙。可是槿熙却总是摇摇头，笑而不答。

　　"你到底干了什么？"大家穷追不舍。

　　在各种威逼利诱下，槿熙终于道出了谜底："其实也没有捷径……我从图书馆借了很多书，我在结界里看书，查资料，写论文……"槿熙不好意思地摸摸头。

　　槿熙的论文获得了全校一等奖。于老师高兴得不得了，整天都是笑眯眯的。

　　仿佛挥挥手的时间，离十月份就只有三天了。墨尹慵懒地瘫在扶手椅上，眯着眼睛，听着椋汐和子夜排练合唱：

　　　　一转眼，时间那么地快
　　　　挥挥手，瞬间过去了七年
　　　　每一天，都活在对未来憧憬里边
　　　　天知道如何说再见……

第八章
观星之行

就让我们面对浩瀚无垠的宇宙，
体悟世界的奥义吧！

　　九月最后一天的早晨，菀婷照例很早就起床了。她坐在火堆旁，懒洋洋地烘着手，莫名地有一丝高兴，只可惜记不起来为什么了。小猫跳到她的膝盖上，打起了呼噜。

　　"早啊！"忆风揉着惺忪的睡眼打着哈欠走进了大厅，"你想好去哪里观星了吗？"

　　"观星？"菀婷没想起来观星和她有什么关系，"我房间里就可以观星，全方位无雾霾。"

　　"你忘了？"忆风清醒了很多，往墙上一指，一本日历就飞到了她的手中，她指着日历上的一个小格子，"明天开始国庆节放假七天啊，大家昨晚不是一致决定去观星的吗？"

　　菀婷一下子想起来了，原来自己高兴就是因为这个啊！明天就要放假了，真是令人兴奋！昨晚是说要去观星来着，可是没把地点定下来。五个人吵着要去枫糖山，理由是枫糖山上有很多漂亮的糖枫树，最主要的是那里盛产枫糖。五个人一定要去松饼山，因为松饼山的形状像是一大块松饼，地形开阔，方便观星。剩下的两个人把全是糖枫树遮着看不到星空的枫糖山淘汰了，又把地势低矮不利于观星并且游客众多的松饼山也给否决了，最终没商量出来到底去什么地方观星。不过大家一致同意的是放假第二天再出发，放假倒数第二天回来——前后两天留着做作业。

"那么到底去哪里呢？"菀婷问了一句废话。

"这不是还没定下来嘛！"忆风无奈地摊摊手，"晚上再开会！"

"吃早饭去吧，顺便想一想去什么地方观星比较好。"菀婷说。

"首先，必须是要在山上，"忆风肯定地说，"一定要在比较高的山上，这样看起来清楚。"

两个人讨论了一个早晨，一致认为幸运山是最好的选择。幸运山位于魔法镇西郊，高度正好合适。山顶上是一块像学校那么大的地，上面有湖，有树林，还有空地，很适合观星。那里很少有人去，因为攀爬的难度适中，初学者嫌难，资深驴友又嫌容易，倒正好适合星班这群灵活的女汉子。上山的四分之三路程都有台阶，只有上面的一段是要手脚并用地爬的。山顶上遍地都是幸运石，湖的浅滩上和湖底也都是大大小小的幸运石。不知道别的同学怎么想，总之，菀婷和忆风一定要争取一下去幸运山。

魔法实践课上，于老师很罕见地没有讲理论知识，而是让星座女孩们自己练习，并告知她们下午要默写《魔法相对论》的第一段和第三段。

一个月来，同学们的魔法能力都大有长进。菀婷的魔法优势渐渐显示出来了。秋天，天气忽冷忽热的，好几个同学因此感冒了，可菀婷还是爱穿什么穿什么，羽绒服或是连衣裙，随她选，因为她的魔法能让她不怕热不怕冷。忆风和槿熙的魔法也好了许多。忆风的飞来咒越来越准，范围也越来越远。最远的一次，是忆风走到教室门口，想起忘记带文具盒了，结果文具盒"嗖"的一下就从宿舍飞到了忆风手里。忆风自然是惊讶极了，在此之前，她的飞来咒的使用距离只有这次的八分之五左右。不过，这样的奇迹再也没有出现过。槿熙的结界扩大了不少，已经可以把人带进去了。结界唯一的缺点是很难移动，槿熙要在里面狂跑十分钟才能从校门口移动到一号教学楼。子夜的水魔法已经可以制造出水雾来了。玄枫也可以预知到一小时以后的事情了，有的是很恐怖的——比如考试成绩。可惜不能预知试卷的内容，大概是老师们在试卷上下了干扰咒吧！

忆风和菀婷向其他人提出了幸运山这个观星地点，出人意料的是，大家居然毫无异议。一件棘手的事情居然就这么解决了，这是很不错的一个开端。

"开始准备吧！"菀婷一边整理购买清单，一边说，"椋汐，你还在做作业啊，快点儿去准备东西吧！"

"我正在准备——"椋汐拖长了声音，仍然把头埋在试卷堆里，"做作业也是为出行准备呀！等一下我就列清单，然后我会叫同城快递送货的！"

菀婷无奈地摇摇头，一看电脑没人用，赶紧不顾形象地狂奔过去，抢过了电脑，开始购物下单。

"又被抢了！"旁边差一点儿就抢到电脑的槿熙无奈地摊摊手。

"嘻嘻……"菀婷甜甜地绽开了一个带酒窝的笑容，然后马上恢复常态，速度快到你根本不相信她刚才还在笑。

"你买什么啊？"玄枫站在旁边，指关节不停地敲着桌子，发出"梆梆"的声音。

"零食、矿泉水、饮料和面包——五天的粮食，"菀婷一样一样算过来，"忆风和我一起付钱。"

"不买衣服吗？旅行的衣服。"玄枫说。

"你这么感兴趣，就和雪落一起负责买吧。"菀婷漫不经心地说。

"玩的呢？"玄枫继续追问。

"椋汐和墨尹负责。"

"观星的装备呢？强光手电筒、星位图什么的。"

"梦渲和露渲负责。"

"那么杂七杂八的东西呢？像……医药箱之类的？"

"子夜和菀轩。"

"于荨和槿熙做什么呢？"

"她们负责租车和准备帐篷。帐篷需要四个，于荨和槿熙各有一个的，她们已经叫爸妈快递过来了，剩下两个她们打算去借。"

玄枫去找雪落商量服装问题了，两个人最后决定还是长袖衬衫比较整齐划一，能够强化团队意识。

椴汐做完了三张卷子，被墨尹从书桌前拖了出来看玩的东西。椴汐说她都有，但墨尹硬揪着椴汐买了一堆玩具。

"对了，小喵怎么办？"雪落挑挑眉。

"我让天班帮忙照顾。"梦渲轻松地说。

一切都很顺利！

第二天是暗无天日的作业日。星座女孩们虽然没有心情做，可是留给作业的时间有限，总不能假期结束时交给于老师一堆白卷吧！椴汐没有了昨天用功的状态，玩一会儿，做一会儿。最后，她到空无一人的教室去做作业了，理由是宿舍里的"沙沙"动笔声令她紧张。一直到吃晚饭的时候，同学们才再次看见她。

"我还剩下一份摘抄作业。"椴汐甩着酸痛的手腕一边"咝咝"地吸气，一边说。

"这么快！不可能吧！"雪落瞪大了眼睛。

"你们做完了吗？"椴汐满怀期望地望着大家。

"不想做……"于荨轻轻地说，"明天是去观星又不是去干别的什么，白天我可以做作业。"

"就是就是！"菀婷点头赞同。

"好吧。"椴汐耸耸肩。

菀婷待在自己的月球房间里，怎么也睡不着。她好兴奋啊！明天，就要去幸运山观星啦！在美丽的幸运石边上野餐、玩耍、聊天……和好朋友一起，没有家长没有老师，太爽啦！简直睡不着啦！她不禁走出了环形山，在六分之一地球重力的环境下高兴地一跳，结果脑袋撞到了天花板。她坐在地上揉脑袋，揉着揉着笑了起来。她好想唱歌，可是她不知道唱什么好，而且自己唱得也不是很好听。她现在终于体会到椇汐那种老想唱歌的心情了。

事实上，椇汐此刻在房间里调高了水位，一边划船，一边高唱着英文歌曲 *For the First Time in Forever*（《好久没在生命里》）。

十二个人都有点儿睡不着，但还是在十二点以后，因为疲倦或是借助催眠音乐和数羊睡着了。

菀婷把脸贴在墙壁上看活动星图，结果站着睡着了。睡了几分钟，大概是因为站着不舒服，她才迷迷糊糊地爬回了床上。

菀婷醒了，她下意识地看了看手表，才五点钟。她想要再睡一会儿，可一想到今天要去观星，她就硬撑着爬了起来——早起是火象星座对待重要日子的一种仪式。

她来到空无一人的大厅，坐在那里不知道干什么。发了一会儿呆，她昨晚的兴奋劲儿又上来了。她换上别着狮子座胸针的白衬衫，穿上自己最喜欢的一条短裤。虽说天已经凉下来了，但菀婷可不怕。菀婷走出了北极星，一股脑儿冲到了教学楼四楼于老师的办公室门前。她也不知道来这里干什么，听说于老师和家人一起去旅游了。菀婷不自觉地哼着椋汐经常唱的 *For the First Time in Forever*，又回到了宿舍。出发时间约好是十点钟，还有四个多小时呢！真是等不及啦！

走近777，菀婷听到了子夜和椋汐的合唱，这是一首欢快的歌，令人心生愉悦。

她走进宿舍，把整理好的背包里的东西全部倒出来，然后重新一样一样放回去，生怕漏了什么。

五天的粮食可不能不带！要是忘了，大家会"杀"了她的！菀婷把东西整理了一遍又一遍，才放心。

"你好了没啊?！"雪落不耐烦地说，"你看于荨只收拾了两遍，你收拾了将近十遍了！"

"好了好了！"菀婷嘟起嘴，"收拾好了。"

菀婷吃了早饭，又做了一会儿作业，出发的时间就差不多到了。

于荨租的车准时停在了马路的对面，颜色鲜亮，大家一眼就看到了。离预约上车时间已经过了五分钟，她们在空无一人的马路上跑了起来，争先恐后地挤上车，但又非常默契地按照班里的座位坐在了格局差不多的车里。

车里有点儿冷，菀婷调高了体温，忆风立刻把菀婷的手放到膝盖上揉搓着——取暖。菀婷对此很是无语，不过，一直以来萦绕心头的"我的魔法比不上人家的"这个念头瞬间烟消云散。她刚知道自己的魔法是什么时，确实很沮丧。她不知道控温有什么好玩的。难道比菀轩的瞬移方便吗？难道比椋汐的飞行有趣吗？但此时，她不那么想了。

从学校开往幸运山，大约有一个小时的车程，虽说不算太长，但对于一群精力过剩的高中生来说，已经够无聊的了。

"每个人表演一个节目吧！"司机大哥实在不想继续听十二个女孩子无休无止地发牢骚，给出了这么一个建议。

椋汐和子夜一连唱了两首歌。因为路途的颠簸，两个人的声音都一抖一抖的，甚是有趣。大家都拼命忍住笑，但最后还是忍不住笑了出来，弄得子夜很生气，不想再唱了。

玄枫用自己的魔法给大家"占卜"。她好像预测到了什么，努力装出神神秘秘的语气，对于荨说："在神秘的幸运山，你，将会遭受到沉重的打击。你所有的好朋友都会无声地打击你，令你伤心后悔，一点儿都没有玩的心情，只想着要回去……"

于荨一路上都担心得要死，她神色凝重地望着椋汐和墨尹，搞得两人心惊胆战的。这两人也不明白玄枫的预言是什么意思，不知道自己为什么要打击于荨。为此，她们窃窃私语了好一会儿。于荨看到了，更加认定她们俩是要排斥自己了。

到达目的地了，星座女孩们一个一个跳下了车，兴高采烈地望着说高不高说矮不矮的幸运山，眼神里充满了兴奋。

菀轩有一点儿晕车，她摆摆手，让大家先走。善良的椋汐和槿熙还是留下来陪她了。椋汐一再示意槿熙先走，可槿熙似乎认定了椋汐在试探她的道德底线，怎么都不肯走。椋汐无奈地叹了口气，只好不再赶她了。

大概十五分钟后，大部队已经走得很远了。椋汐、槿熙和菀轩慢悠悠地走到山脚处。

"我们走咯！"椋汐对槿熙说，"我们真的要走了。"

"走吧！"槿熙已经全副武装了。

"拜拜！"椋汐和菀轩对她笑了笑，瞬间消失——好吧，椋汐是用飞的，菀轩是用瞬移的。

菀轩一下子就找到了大部队，出现在她们中间。椋汐飞飞歇歇，没一会儿也到了。只有可怜的槿熙还在山脚"吭哧吭哧"爬台阶。

大约用了十分钟，槿熙才赶上大部队。

"叫你先走你不听，得不偿失了吧！"菀轩微笑着说。

槿熙一路上都因为前半段的暴走而有点儿腿痛，只能规规矩矩地走着台阶。

菀婷走台阶就不那么规矩了，她是三级一跨的。忆风老喜欢脱离队伍，"噔噔噔"冲到最前面。菀轩不怎么费劲，走几步，瞬移一下，一边休息，一边等大部队。墨尹走在路边的泥土上，拿着一根树枝探路，嘴里还嘀咕着什么"驴行"。

兴致勃勃地走了一半的路程后，整个队伍就慢慢消沉了下来。

椋汐最先开始喊累，但她只是嘴上说说，喊完了接着走。可这影响了整个队伍的士气。大家相继停了下来，最后不得已放弃原定的到山顶吃午饭的计划，在半山腰的亭子里解决了午饭。吃完之后，继续前进了五分钟左右，大家就看见了需要攀爬的地方，大概有几米吧！

菀轩一下子就上去了，椇汐也飞了上去。这就是这两种魔法的好处啊！

剩下的十个人面面相觑。

"爬啊，愣着干什么！"墨尹最先开口。她把菀轩喊了下来，把安全绳递给她，叫她固定在上面。

"我不是很会……"菀轩支支吾吾想拒绝。

"你叫椇汐做，"墨尹严肃地说，"我们别无他法。"

菀轩一上去，就把安全绳交给了椇汐。椇汐汗颜，她不得不努力回想以前在旅游卫视上看到的野外生存知识。

"椇汐，找一块岩石！"墨尹在下面喊。

椇汐在悬崖边上找到了一块岩石，用绳子把它五花大绑起来，又把绳头扔了下去。

墨尹看到绳头，先是用力拉了拉，最后整个人吊在上面，绳子没掉下来。

"预测一下我们会不会摔下去。"众人要求玄枫预测一下未来。

"不会摔，大家都成功地上去了。"十秒钟后，玄枫负责地说。

"还是一个一个上去吧！"于荨还是有点儿担心。

大概半小时后，十二个人都到达了峰顶。事实上，这也不算峰顶，还要穿过一片小树林，走上五级天然的石阶后才算到了。

大家兴致勃勃，一改之前垂头丧气的状态，登上了真正的峰顶。

峰顶没有想象中的那么冷清，这里有一个游客服务中心，可以购买或租用各种东西。三顶颜色各异的帐篷已经支在开阔的空地上了，显得有点儿渺小。两个孩子跑来跑去，不时地从她们的队伍中穿过。

不管怎么样，她们都决定先支起帐篷再说。

四顶帐篷，分别是红、黄、蓝、绿四种颜色。这时，她们才想起来，还没有分好组。

椋汐反应快，她立刻把于荨和墨尹拉到了蓝色帐篷前，说："我们要了。"

"好吧好吧！"露渲笑着说，"菀婷！梦渲！咱们用黄色的吧。"

"怎么两顶有窗户的都被挑走了？"槿熙皱皱眉，"算了算了，玄枫，我们用绿色的吧，好歹稍大些。"

"我跟你们一起！"子夜说，"你们怎么可以抛弃我呢？"

忆风别无选择，只好和雪落、菀轩站到了红色帐篷前。

说是帐篷，其实还只是一块布和一大堆杆子。

大家毕竟都去野营过，都会搭帐篷。十分钟不到，四顶颜色鲜艳的帐篷就出现在了空地上。累了将近两个小时的星座女孩们都一屁股跌坐在了帐篷里。

菀婷虽说是一个女汉子，但也是会累的。她摆成"大"字形躺在帐篷里，回过神来：咦，梦渲和露渲哪里去了？她坐起身来，刚打算出去找，可一想，还是懒得管她们了。于是菀婷又重重地躺下，不知不觉就睡着了，还梦见了小学学的一篇课文《把铁路修到拉萨去》，在梦里，她是个记者，去高原采访。

采访了大概十分钟后，菀婷醒了，但她的神志还是迷糊的。她想到刚才的梦，认定自己是产生了高原反应。

菀婷模模糊糊地看到露渲和梦渲回来了，兴高采烈地对她说话。

"另外还有三队人马。"梦渲说，"其中一队是一家子，爸爸妈妈和一对十岁的双胞胎女儿，他们是来庆祝结婚纪念日的，也是今天来的，不过后天走。"

"让我说！"露渲兴奋地对梦渲喊道，"让我说！还有……还有什么来着？对了，是一对二十多岁的情侣哦！他们只待一天，晚上就走。他们是来野餐的。"

"他们有高原反应吗？"半梦半醒的菀婷闭着眼，她才想起来自己正在山上。

梦渲似乎没听到菀婷说的话，自顾自说下去："还有五个十五岁的男生，他们昨天就来了，待三天，明天走。"

菀婷清醒了一点儿，她坐起来，睁开眼睛，问："这里有什么好玩的吗？"

"外面有很多漂亮的幸运石。"梦渲回答道。

"没错没错！"露渲赞同地点点头。

"那我去收集幸运石啦！"菀婷说着走出了帐篷。

事实上，幸运石根本不用收集，只管捡就是了，因为几乎每走几步就会有那么几颗。不过下山时，幸运石是要按重量收费的，所以菀婷没有疯狂地捡，而是精心挑选。她蹲在地上挑了半天，也没挑到几颗满意的，腰倒是开始疼了。她干脆不捡了，在山顶上晃悠。

"你们拉我一把啊！"菀婷走到一棵大树下，突然听到一阵说话声。一看，雪落在树的另一边，向上面喊话。

"我爬不上去，你们这些坏人，都不帮我一下。"雪落哭丧着脸。

菀婷顺着雪落的目光向上看去，模模糊糊地看到树上有四个人影，仔细一看，是棂汐、墨尹、于荨和忆风。

"就不！"棂汐坐在一根粗树枝上，晃着双脚，两条麻花辫一上一下地跳动着。

"你自己上来嘛！我们都是自己上来的！"墨尹专注于放在膝上的作业，看都没看雪落一眼。

于荨没理会雪落，只是哭丧着脸对菀婷说："我总算是知道玄枫说的'沉重的打击'和'无声的打击'是指什么了。我居然忘了带作业！"

"哈哈哈！"忆风从树干背后探出头来，又低头对雪落说，"雪落，你上不来可不关我的事哦！我一没阻碍你上来，二没办法帮你上来，你叫棂汐把你拖上来吧！"

"才不！"棂汐继续摇晃着双脚，"雪落那么重，我可拎不动。"

"呜呜呜……"雪落用求救似的眼神可怜巴巴地望着菀婷。

"我可没法子帮你。"菀婷瞬间溜走了。

白天真无聊！算了，还是做作业吧，菀婷郁闷地想，然后默默地回帐篷那边去做作业了。

一边做作业，一边看着两个小女孩在草地上嬉戏玩闹，真是件痛苦的事。

"痛苦啊！"菀婷仰天长啸，"竟然……竟然还有三张卷子！"

"我更痛苦。"玄枫默默地说，"我还剩五张。"

"我卷子都没带好吧！"不远处走来的于荨痛苦万分地说，"我要下山回学校拿作业！"

"要去你自己去哦，没人愿意陪你去的。"玄枫扶了扶快滑落到鼻尖上的湖蓝色眼镜。

"好，我们现在就来制订一个计划。"一片林中空地上，菀轩站在一块小黑板前，用树枝指着黑板上画着的方格。前方的草地上，坐着五个人。

"首先，观星活动开幕式——篝火晚会。"菀轩用树枝指着第一个方格，里面用粉笔画着一只烤鸡腿，"没有异议吧！"她满怀希望地望着五个人。

"确实没有意义。"忆风嘟囔道，大家哄笑起来。

"然后！"菀轩严厉地望着忆风，又指着第二个格子，里面画了一颗五角星，"就是第一天晚上的观星了，这个一致同意？"

一片诺诺赞同声。

"很好！"菀轩顺势把树枝向边上平移了一点儿，目光顺着树枝往上看，是一个空格子。

“哎呀，忘记画了。”菀轩嘟囔道，拿起了粉笔，顿了顿，又放下了。

“你们觉得呢？”菀轩问大家。

“提议！”棂汐一下子举起了手。

“驳回。”菀轩懒得看她一眼，“你的提议永远不正常。”

棂汐噘着嘴放下了手。

“提议！”子夜举起了手。

“说吧！”

“我提议，开展人生必须做的一件事，即休养生息，缓解压力，进入一个美妙的国度……”

“说人话。”

“睡觉。”

“很好，在一场可爱的演唱会过后我们每个人都需要在睡眠国度靠岸。”菀轩满意地在下一个格子里写上了“Zz”。

“等等，演唱会？”墨尹疑惑地问，“什么演唱会？”

“当然是我美妙的个人演唱会啦！我没跟你们说吗？”菀轩显得很惊讶，“哦，对，我没画。”她转过身，画了一个表示插入的大括号，在括号里画了一个话筒。

全场陷入了死寂的沉默，菀轩……五音不全啊……她的歌……难听到极点了！

“菀轩你再好好想想吧！”雪落走上前去拉住菀轩的手，“你……一定有更好的方案的。你看子夜和棂汐的合唱组合刚走上正轨，可以让她们秀一秀啊！”

"不！"菀轩不服气，"我唱得一定不比她们逊色！"

"演唱会太闹腾了，这里还有其他人，会吵到他们的。"

"我们是来观星的，免不了要晚睡，还是保存体力吧。"

"我们带的矿泉水不够喝的。"

大家费尽口舌才说服菀轩取消了个人演唱会。

"那么，篝火晚会几点钟开始呢？"雪落试探着问道。

"晚上七点钟开始，举行一个小时，然后观星一个小时，最后睡觉。"菀轩回应道。

"啊？"大伙儿惊讶地喊道。

"太早了吧！"

"我睡觉都要到十点半的……"

"我做作业都要做到十一点！"

"可是……我们平时熄灯不都是九点钟的吗……"菀轩一脸不解。

"你不会真的九点钟就睡觉了吧?!"子夜诧异地问道。

"当然啦！不睡觉做什么？"

"看书、做作业、玩游戏……"子夜说，"这么早就睡觉，你无不无聊啊！反正我们那么早关灯进房间都只是应付检查寝室的！"

"做梦多有意思啊！"菀轩露出一副神往的表情，"甜甜的梦，随心所欲的梦……"

"可是……"忆风没好气地说，"这么早观不到星的啊……再说，我们观星就是要体验夜生活……"

"What（什么）？What！多么不健康！夜晚就是用来睡

觉、做梦的！椋汐，你一定也是支持我的吧？你不是大年夜从来不守岁的吗？咦，椋汐去哪儿了？"

"她怕晚上熬不了夜，先去睡了。"墨尹说着，打了一个大大的哈欠，"我也要去睡觉了，你为什么要在这个时间把我们叫来呢？"

"可是……唉，好吧……"菀轩一脸不满地回到了自己的帐篷。

菀婷翻来覆去睡不着，她真羡慕梦渲和露渲轻微的鼾声，后悔自己没在睡觉前绕着山顶跑一圈。调节生物钟可不容易！现在要是睡不着，晚上估计得狂喝咖啡。

她又躺了一会儿，想着学校里发生的事。她想象自己是一个植物人，不能说话不能动，但坚持了两分钟她就放弃了。最后，菀婷绕着山顶跑了两圈，回到帐篷里，没有躺下，而是坐着想象自己在上数学课：别人听课而我睡觉，多舒坦啊！折腾了一个半小时，她终于睡着了。

雪落醒来，看了看表，已经是傍晚六点钟了，她对这个时间很满意。菀轩还在呼呼大睡，忆风不知道去哪儿了。雪落爬起来，走出帐篷，闻到了阵阵烧烤味。她真切地希望这香味来自自己人的烧烤架，因为她已经饿了。

她想对了一部分，因为只有四分之一股香味来自自己人的烧烤架，别的都是人家的。子夜正在翻转一排肉串，墨尹拿着油刷和调料刷把肉串刷了一遍。玄枫和椋汐坐在旁边的地上吃着烧烤。

"晚饭!"玄枫喊道,"快来吃吧!"

菀婷也从帐篷里爬了出来,几乎是闭着眼来到了烧烤架前。

"正好来两个!"墨尹惊喜地大叫,"雪落先吃,菀婷帮我们洗菜穿串儿,等一会儿你俩交换。"

菀婷一声不吭地走向烧烤架,拿起了刚烤好的里脊肉,往嘴里一塞,一边"吧唧吧唧"地嚼着肉,一边洗起了菜。

"你们睡得怎么样?"菀婷一边洗着一把韭菜,一边问。

"很好啊!"子夜笑了一下,"就是帐篷里面有点儿灰尘。"子夜又把头一扭,对墨尹说:"真的不等她们了吗?"

"很公平嘛!"棪汐含糊不清地说,"先是我们六个人,三个人一队,两队轮流吃,让她们也像我们这样不就得了?不就是个时间差嘛!"

"先吃再说,民以食为天。"雪落抬起头来。

"哇哇哇,你吃这么多!"玄枫大叫,"你难道想要饿死我吗?!"

"换班换班,不然雪落就要把烧烤吃完了。"子夜趁机提起换班的事。

棪汐把一堆烤串的竹签去掉,把肉一股脑儿塞进嘴里,大摇大摆地去烧烤了。

人一点儿一点儿地多了起来,半小时后,十二个人都到齐了。

"我们开始篝火晚会吧!"菀轩满怀期望地说。

"虾米?"梦渲从烧烤中抬起头，因为嘴里嚼着东西，口齿有点儿含混不清，"我还木有吃完好不!"

"哎呀，可以继续吃的嘛!"菀轩说，"你又不是不能吃了。"

"那么，开始吧!"菀婷跃跃欲试。

"第一个节目，"菀轩又拖来了那块小黑板，转到反面，还是有很多的格子，"魔法表演。就是展示一下自己的魔法。至于怎么展示，自己想。"

这倒给菀婷布置了一个难度系数很高的任务，想要展示抗冷抗热性可不容易啊!看来，只有自虐了。

"开始吧开始吧开始吧!"经不住菀轩的软磨硬泡，晚会被迫提前开始。

"按照星座排序，排好队一个一个来吧!"菀轩说完，自动站到了队伍的末尾。

"我……上了哦!"梦渲颇有壮士一去不复返的神态。

梦渲深吸一口气，摆了几个夸张的姿势，然后"唰"的一下，时间停止。异样的状态一直持续了十几秒。魔法解除后，大家都松了一口气。

玄枫闭目养神了好一会儿才睁开眼，大声宣布："这次晚会相当顺利!"

人群中响起一片掌声。

"你也太草率了吧!"忆风不屑地说，"看我的!"

忆风果然不"草率"，一看就知道她经过了一番精心准备。她做了一大堆令人眼花缭乱的动作后，一拍手，幸运石便从四面八方飞来，聚在了她的四周。

"不会砸到人吗？"墨尹担心地说。

"相信我的魔法！"忆风胸有成竹，"我的魔法已经练到可以避开障碍物的水平了。"

"好吧。"墨尹放心了。她站到前面，这才想起来自己忘记准备了，干脆随便读心。

"清晨的阳光从古旧大门的门缝中透了进来，照亮了老房子里的灰尘。她就这么站着，用悲哀而怜悯的目光看着这些几个月来自己一直在逃避的人……"墨尹读出了椇汐正在构思的小说。

"这样有什么好玩的呢？大家都知道彼此的魔法啊！"菀婷抱怨，"算了算了，当它走形式好了。"她用一种痛苦的眼神望着众人，把子夜叫了上来。

"开始吧！"她对子夜说。

"现在是秋天啊！"子夜担心地望着她。

"没事。"菀婷极其淡定。

"哗啦啦"，一大团冷水从菀婷的头上径直浇了下去。水珠弹到了露渲的腿上，露渲吓了一跳，这水可不是一般的凉！

"菀婷你不冷吗？"子夜问。

"不冷，你摸摸我的手。"菀婷轻快地说。

"啊，好烫，你不会是发烧了吧？"子夜吓了一跳。

菀婷摸摸自己的额头，然后把子夜的手放在自己的额头上。

"体表温度有四十二摄氏度了吧?" 菀婷镇定地对子夜说。

子夜点点头。过了几秒钟,她又失声惊叫起来:"哎呀,变凉啦!"

"这就是我的请病假神器!" 菀婷得意地说,"军训的时候就可以用。子夜,你上吧!"

"我刚才泼你水的时候已经展示过了。" 子夜耸耸肩,"接下来应该是露渲才对。"

"好吧好吧!" 露渲面带微笑地走了上来。

她从口袋里掏出一片叶子,在叶子上面小心地撕了一个小口,然后迅速将它变硬,又变戏法似的拿出一根链子,穿在叶子上,就成了精美的叶子项链。

"不会变质不会变色哦!" 露渲为自己做好了广告,便把雪落揪了起来。

雪落大大方方地走上来,脸的样子不断地变化着。有一瞬间,其中一个令人感到很熟悉,但一转眼就消失了。回想起来,基本上都是门卫老爷爷之类的角色。这样的变化持续了三分钟,大家都过足了瘾。

椋汐倒是一点儿也不含糊,一下子飞了起来。经过一个月的训练,她已经飞得很好了。她在半空中连续做了五个后空翻,又表演了一系列动作,便降落了。

槿熙慢吞吞地走了上来,随手一挥,在空中一拉,就出现了一道闪着光的结界。她跨进去又跨出来,就这么简单地做完了展示。

于荨的展示也非常简略，隐个身，好了，不关她的事了。

菀轩一定是被前几个给带坏了，原本兴致勃勃的她也变得淡定下来，只是随便瞬移了几下就草草收场，看来这就是所谓的三分钟热度。

"我们要不换个地方？"忆风建议，"虽然刚刚没有被围观，但我们还是去没有其他人的地方狂欢更尽兴。"

一片诺诺赞同声。

"去南边那片树林围绕的空地怎么样啊？旁边还有小河。"棂汐建议道。

这个方案被大家接受了。

"终于到了！"菀婷如释重负地扔下一大包食物。

"自由活动吧！"雪落大喊，"爱干啥干啥，不过事先说好，烧烤架我包了！"

"为什么？你不是很懒的吗？"忆风疑惑地问。

"为了能吃到新鲜烧烤。"雪落俏皮地舔舔嘴。

"我说你，有点儿天蝎座的神秘感行吗？吃货太单纯了！"露渲笑眯眯地说。

"那剩下的人准备篝火晚会的其他事宜吧！"玄枫说道。

"篝火呢？"露渲一针见血。

"我们应该点起一堆篝火。"大家都表示同意。

此时差不多是晚上八点，天色很黑了，火光就像是一束跳动的青春，照耀在每个人的心灵上。

篝火晚会很成功，大家玩得很尽兴。

十点钟，星座女孩们准备开始观星了，她们一起选中了一块空地，拿出观星图和强光手电筒。

"怎么用观星图啊？"有人问。

"把大圈小圈上的日期和时刻对起来，从最亮的星看起，然后再找暗的星。"露渲俨然一名观星专家。

没过多久，所有人都打开了强光手电筒，很多条光柱在天上晃来晃去。

"这样做除了浪费电，没什么用。"梦渲关掉了强光手电筒，"这是用来指星的好吧？不是用来乱晃的！"

大家倒也都听话，一个一个关掉了手电筒，耐心地寻找着星座。

"看！我找到自己的星座啦！"露渲不愧是做足了准备，一下子就找到了天秤座。她把手电筒打开，向着中间偏左的方向指去，勾勒出大致的形状，简单的图形泛出微微的闪光。

"我也找到白羊座啦！"梦渲不服气地说，打开强光手电筒朝右上方晃来晃去，"看到了没？"

"没有……"大家齐声回答。的确，想要在天空中连起那么多颗星，比较难。

"喏，喏，这里！"梦渲用手电筒一遍一遍在天空中画着 V 字，但大家懒得搭理她，忙着找自己的星座去了。

"嘿嘿嘿。"椋汐发出一阵让人毛骨悚然的干笑声。

"嘿嘿嘿。"她重复了一遍。

"嘿嘿嘿。"见没人理她，她只好又来了一遍。

"你到底想干什么？"菀婷不耐烦地说。

"我找到我的星座了，就在那里，看看看，左下方，快看快看！"棂汐激动地叫着，同时飞快地打开手电筒在漆黑的夜幕上乱晃。虽然射手座的形状还算具体，但还是没多少人注意。

椅子形的巨蟹座、拖把形的水瓶座、抹布形的摩羯座、手骨形的天蝎座……都一一被发现了。不一会儿，十二个星座就都"集齐"了。极度无聊的众人又把观星图上这个时节出现的所有星星和星座都找了出来，一看手表——哇！漫漫长夜才熬到十二点？！

观星根本没有想象中的那么好玩！！！

第二天显得无趣多了，没有了第一天玩耍的疯狂，取而代之的是不断的抱怨。于荨又在为自己忘带的作业着急，棂汐想念自己的高科技生活，子夜又开始了无休无止的牢骚。天哪！这叫人怎么活下去！

"不能放弃啊！"槿熙说，"五天行程才过了一天呢！"

"才过了一天啊！饶了我吧！"玄枫抗议。

"咱不玩了！回家！"雪落豪迈地一甩胳膊。

"对！回家！"患有严重思乡病的菀轩抹着眼泪支持。

"回学校？"露渲以为自己的同学口误，便试探着问道。

"是回家！国庆假期还剩下五天呢！常回家看看啊！"

雪落认真地说。

"怎么突然想到回家了？我以为我们这一学期结束才会回家。"子夜疑惑地问。

"乡愁。"雪落极其感性地说。其实，雪落是因为饭卡里没钱了，钱包也空了。

"那就……好吧！不过我得先回一趟学校拿我的作业。"于荨犹豫了一下，"你们陪我去好不？"她用一种期待的眼神望着桤汐和墨尹。

两个人愣了片刻。

"嗯……去机场顺路吗？"桤汐有点儿尴尬地问墨尹。

"嗯……好像要绕半个镇子……"墨尹显然更加尴尬。

"请你们去我家玩。"于荨爽快地丢下这一句话。

"成交！"三人击掌。

"于荨你搞搞清楚。"槿熙冷静地说，"我们预订的车子是第五天来的，我们今天是回不去的！"

"一定可以的！"于荨坚持自己的想法。她掏出手机打电话，两个小时后，果然来了一辆小客车。

"你们真是的，说好五天后来接，我都排好我的行程了！"司机大叔抱怨，"本来我做做瑜伽和水疗，喝杯柠檬水减减肥，也蛮好的。谁知道你们一群小丫头……啧啧啧……把人家的计划全毁啦！"

大家无语……算了，管他呢！先离开这无聊的幸运山再说！

第九章
生意经

事实上，我们年级已经形成了一个商业圈……

跳蚤市场不是卖跳蚤的市场，
而她却天真地相信了。
无须笑话，
她只是一个牵着气球的七岁孩子，
把彩色布条看作童话的旗帜，
把色彩斑斓的果汁当成魔法药水……

作文课上，菀轩站起来朗读自己喜欢的诗。

"很不错。"西老师点点头，示意菀轩坐下。"大家都交流了自己喜欢的诗了，都很有趣。那么……"西老师看看表，"这样吧，这周末你们的作业就是写一篇文章，什么类型都可以。剩下的时间你们交流一下吧！"西老师打了个哈欠，坐在了讲台前的椅子上。

"你写什么？"槿熙问于荨。

"不知道。"于荨愁眉苦脸，"你知道吗？"

"不如来点儿新意？"

"什么新意？"

"幻想作文怎么样？"一旁的子夜建议道。

"好主意。"两人满意地笑了。

"那么，你要写什么呢？"子夜问菀轩。

"不知道。不过，子夜啊，我搞到了一个新奇的东西！"菀轩神秘地一笑。

"什么东西？"子夜轻轻地问道。

"一个蒸馏装置，可以做香水的哦！"菀轩满意地点点头。

"哇哦，好厉害，用什么材料做啊？"子夜惊讶极了。

"各种树叶、花朵之类的有香味的植物。"

"香水？"墨尹疑惑地转过脑袋。

"你做出来，卖钱吗？开一家香水店？我最近也有开店的打算。"棂汐认真地说。

说者无意，听者有心。菀轩突然激动地拍了一下手："好主意啊！就这么办！你开什么店？我们做生意合伙人！"

"好主意！我开的是制作封面的店！"棂汐叫起来，引得西老师皱了皱眉。

"你们不写作文了吗？"子夜问。

"到时候随便写首小诗交差……稍等，快好了。哦，好了，你们看！"棂汐把一张纸举到子夜面前。

白纸上，画了两个硬币大的正方形，上面的符号分别是

€和≡↓≡，下面分别写着"阿弗洛狄忒"和"蔷薇·美图快到碗里来"。

"你们的店的标志和店名？"子夜试探性地问道。

"没错！"菀轩兴奋极了，"赚钱！我们的生意一定会有一个好前景！"

"你们到底在干什么？"西老师的声音在背后响起，"不好好讨论写文章，得，剩下二十几分钟你们别上了，外面走廊上站着去！"

真委屈。

"站得爽吧？"等两个人回到座位，槿熙打了个哈欠，有意无意地问了一句。

"哼，虽然我们站了二十分钟，但是我们同时也即将捞到人生中的第一桶金！"菀轩非常地不服气。

"What？"槿熙揉揉眼，"你们赚钱？怎么赚？"

"菀轩买了一个蒸馏装置，可以做香水，她打算卖香水。棌汐会作图，她打算定制小说封面挣钱。她们还成了生意合伙人。"子夜迅速地解释了一遍。

"你要买吗？"两个准生意人热心地问道。

"算了。"槿熙挥挥手，打算走开，走到一半，又猛然回过头，"你们觉得我也开一家店怎么样？"

"什么店？"

"嗯……"槿熙犹豫了一下，"我想想。"

"按照槿熙的性格，她可能会神不知鬼不觉地筹备起来，然后不和任何人做生意合伙人，她怕别人拖她后腿。"

子夜在一旁解说。

"没事没事，她开她的店，我们做我们的生意合伙人！"菀轩挥挥手，然后对桤汐说，"下午的魔法实践课上我们去采集原料吧！"

"困啊！"子夜上完音乐课，和好朋友们一起挨挨挤挤地走回教室，一个上午的劳累令子夜发出了这样的感叹。

但是一进门，子夜就快步走回座位，一屁股坐在了椅子上，开始做物理练习卷。做到第二题，子夜就碰到了坎儿，抓抓脑袋想不出，便坐到了露渲的空座位上请教于荨。

"我看看。"于荨接过练习卷，看了一遍又一遍，她显然也碰到了坎儿。但于荨似乎不愿放弃，坚持不懈地翻着课本寻找解题的灵感。

子夜无聊地四处张望，可周围的一切都是老样子，没什么新鲜的。她回过头来，打算跟于荨一起解题，突然，她发现槿熙的课桌上摆着一块硬纸板做的小牌子，上面用黑色花体字写着：神经兮兮传话店。

"你开的店？"子夜问槿熙。

"是啊，没错。"槿熙郑重地点点头，说出了精心准备的广告词，"心思细腻的你是不是有什么话要对他说？但因为害羞或因为不适合当面讲而总是说不出口？如果真是这样，那就来吧！神经兮兮传话店！服务包括：QQ传话、邮箱传话、字条传话等等。一次仅需五元哦！"

"准备得不错！"子夜轻松地笑笑，"于荨，你解出来了吗?"

"解出来了!"于荨信心满满,"我们都想错了,其实这里不需要……"

　菀轩在早自修时就看到了槿熙的小牌子,也听过了她的独创广告词。她自然是告诉椋汐了。

"我们也要做牌子,也要写宣传词!"两人想到一起去了。只可惜,上午一直没时间。趁着音乐课上欣赏音乐的那几分钟,两人绞尽脑汁地想宣传词。

"你想要拥有一款独特而廉价的香水吗?"子夜一回到自己的座位,菀轩就迎了上来,"专属于你自己的香水,香型由你自己配置,你当然也可以亲手采摘原料,监督我们安全卫生的生产流程。这将是你从未体验过的经历。欲购从速,一瓶只要十元!最后的优惠,最后的便宜,本店将于一周后涨价!"

子夜听得一愣一愣的,可是,这仅仅是噩梦的开始……

"这位美女,我看你脸色苍白,舌苔偏黄,印堂发黑……你,需要一张封面!封面是什么?它是作品的美好开始。不管是一百字的微小说,还是一百万字的长篇小说,它们都需要封面!封面不仅仅是一张图片,它影响着别人对你作品的第一印象!你是否有过在书店的书海里胡乱挑书,由封面和书名决定要不要翻开的经历?一个好的书名是重要的,一个好的封面更是重要的!拥有了好的封面,你的作品就能从众多的图书中脱颖而出!快下订单吧!绝对是独一无二的封面！一张只要五元钱！现在购买封面封底设计套餐，立刻便宜一元，还送书脊设计哦！"

这就是棂汐的伟大之处。

"广告做得那么厉害，那你们有生意了吗？"子夜不耐烦地问道。

"有了！"两个人异口同声。

"菀轩买了我的封面。"棂汐说，"我是以友情价出售的，便宜了一元卖给她！"

"棂汐买了我的香水。"菀轩说，"我打折打得更厉害，只收了她四元哦！"

子夜瞠目结舌！

"还有还有，南班的我的一个小学同学买了我的香水！"菀轩自豪地说。

子夜觉得那个人一定傻了。

这不是没有依据的。有一次，子夜正好在宿舍看到菀轩在做香水。流程极其简单，只是把各种叶子、花瓣切切碎，放到烧瓶里，加水，烧到五十摄氏度，吹灭蜡烛，过滤残渣，做出来的就是香水了。

就这还卖十元？！

更恶心的还在后面，这瓶"样品"放了几天后，居然变黑发臭了。菀轩太坑人了！

不过据子夜所知，槿熙的生意不错，她的传话店据说已经接了三笔单子了。子夜心里有点儿痒痒的，也想试试开一家店。

"布谷！布谷！"子夜被自己设定的布谷鸟闹钟吵醒了。她揉揉眼睛，踩在柔软的草地上要去关掉闹钟。这闹钟坏了，总会时不时发出尖叫，最好提防着点儿。

"布谷——布布布……布谷！"最后一声"布谷"更像一声惨叫。

子夜赶紧关掉闹钟，松了一口气，坐在床沿上发了好久的呆，然后才开始洗漱。

半小时后，子夜背着书包走进教室。她来得不早不晚，全班同学差不多到了一半。走过第一组，她突然感到自己瞥到了一样新鲜玩意儿。子夜赶紧退回门边，四处张望着。

对了！就是这个！她看到菀婷的桌子上也摆着一块纸板做的牌子，上面写着：亭亭玉立邮政局。

"你也开店？"子夜疑惑地问菀婷。

"怎么啦？不行吗？"菀婷噘着嘴说。

"邮政局？"子夜问，"送信的吗？你怎么挣钱啊？"

"卖邮票。"菀婷掏出厚厚的一叠自己打印的彩色画片，"上面写着编号，就不怕人家复印了。"

"可是别人可以自己送，为什么要到你这里来花钱？"子夜问。

"首先我有特制邮戳，有情调，谁来寄我就给谁盖个邮戳。"菀婷一一列举，"我还独家出售漂亮的信纸信封。亭亭玉立邮政局，让我们一起体验写信的乐趣吧！"

"噢。"子夜敷衍地应了一声，然后回到座位放下书包，向组长玄枫交作业。

"你也开店?!"子夜惊奇地盯着玄枫桌子上写着"臭脚丫陶泥作坊"的小牌子。

"看大家都开，我也就开了。赚钱嘛！臭脚丫陶泥作坊，最实惠的陶泥作坊。一个成品仅需十元，DIY仅需十二元。"

"有人买了吗?"

"刚开业，暂时没有。"

子夜算了算，现在班里已经有四家店了，简直就是一个小型的商业中心。自己甚至也有了开店的欲望，可是开什么店呢？清洁店怎么样？自己有严重的洁癖，一看到脏东西就忍不住清理干净……那不是钟点工吗？不管了不管了，收费贵一点儿就好了。

有了目标，子夜就不怕麻烦了，况且一家清洁店的开业仪式也不会很烦琐。下午，她就摆出了属于自己的小牌子。正面写着店名"为同学服务清洁店"。反面写着宣传语："做值日、打扫房间、整理课桌……这些是否让你苦恼？现在不同了！为同学服务清洁店，专门为你做这些烦琐小事。十元起步价，轻松摆脱大扫除！"

如果说星班是一片大森林，那么这些店铺便是蘑菇——每天都会成片地长出来。不出三天，星班的人均店铺拥有量就超过了一家。其中值得一提的是于荨，她开的是一家名叫"滚蛋吧，考试！"的甜品店。为此，她还特意上网买了做甜品的全套工具，学习了五种甜品的做法。虽然没有广告词，但是生意很好。

同样大张旗鼓的还有梦渲的"有喜明星周边店"和雪落的"落叶·归根饰品店"，两个人的生意也都不错。

可是，当每个人都有一家店时，就会过分注重金钱，一天到晚想着为自己的商品推销，而不去理会别人的宣传。星班的贸易状况一下子停滞了。没办法，这个经济游戏不得不向全年级发展。

"喂，天晴海！"走廊上，墨尹截住了向厕所走去的天晴海。

"干什么？"天晴海一脸诧异。

"舌尖上的零食零食店，种类繁多，吃货的选择！你有没有发现？有时你会嘴馋，可是，学校里的小店只卖饼干。这该怎么办呢？舌尖上的零食，吃货的选择……"墨尹滔滔不绝地开始推销。

"很好，但是，我要去厕所。"天晴海想要绕开热情的墨尹。

"等等等等！"于荨可见不得别人赚钱，"如果你嘴馋，那么应该来'滚蛋吧，考试！'甜品店，有新鲜甜品哦！"

天晴海想要绕开这些"疯子"，急于上厕所，她都憋了一节课了！

"文曲星文具店，你最好的文具店！"露渲笑眯眯地拦住了天晴海，"缺文具吗，朋友？你一定缺了！看看我们的新款铅笔袋，很可爱哦！"

天晴海躲不过这些"疯子"，想要从后面绕到楼上的厕所。

"同是白羊座，相煎何太急！"梦渲急吼吼地迎面冲来，"有喜明星周边店！追星族最爱的店啊！海报、本子……应有尽有！你需要我的店！"

"有完没完！我要去上厕所！"天晴海终于抓狂了，"不要来推销了！"

"但是你知道……你需要……"推销大军嘀咕着，终于沮丧地回到了教室。

"碰钉子了吧！"子夜笑嘻嘻地拍拍前排墨尹的肩膀。

"……"

"到头来，还是我的生意比较好呢……"子夜耐人寻味地看着墨尹。

"哼……"

子夜的生意真的很好，她没怎么做宣传，但是活儿还是越来越多，她赚了一大笔！

"看来我才是最后的赢家……"宿舍里，子夜抱着小猫，轻轻地说。

"你赚了多少？"玄枫问。

"净赚九十三……"子夜得意地笑着。

"哦，那还是我赚得比较多。"玄枫低下头写作业。

"你？赚？"大家都诧异极了，这个平时木头木脑，不做宣传，也不见她做生意的玄枫居然赚得比子夜多？

"赚多少？"雪落关心地问。

"净赚……"玄枫慵懒地靠在椅背上，"两百左右吧……"

"啊？"大家惊讶地张大了嘴。

"我没做什么，不过一开始我就看出了班里的贸易发展趋势，在其他班同学厌恶我们的推销之前捷足先登了而已。陶艺嘛，可是个新鲜的东西……"

"啊？"原以为超过玄枫很大一截的子夜惊讶地叫了起来，没想到，自己还是输给了玄枫。

"啊！"一声更大的惊呼响起，随之而来的是椅子倒在地毯上的声音。所有人的目光瞬间朝向忆风。而忆风整张脸涨得通红，举着自己的手机喊道："我被选为新一届学生会主席啦！"

第十章
背诵大作战

于老师啊，背书这种事情，强求不来的啊！

　　不知不觉，两个月已经过去了。在这两个月里，忆风得到了学生会主席的职位，菀轩期中考试拿下了年级第一，椴汐她们的社团活动也搞得如火如荼……露渲百无聊赖地想，好像只有自己没干什么实质性的事了。

　　她觉得有一丝惭愧，但转念又觉得什么都不干其实也挺好的，于是继续搓着手在街上晃来晃去。这是星子魔法高校周日下午的"放风"时间。露渲很怕冷，很想待在宿舍里上网。可是，一周只有这么几个小时可以出去，权衡再三，她还是走到了大风天里。

　　想想这两个月，刚入学的那段时间，大家对魔法有着极强的好奇心，现在倒渐渐不常用那些魔法了。这主要是因为大家的魔法学习进入了第一个瓶颈期，大部分同学在原地踏步，对魔法有些没信心了。像菀轩的瞬移那样的魔法可以经常使用，水平能不断进步。可是露渲的硬化这样的魔法，一般不大用得着，她又懒得刻意练习……魔法水平就很难不断提升。

在这两个月里，大家为子夜和露渲过了生日。子夜生日时，大家趁周日的"放风"时间去聚了餐；露渲生日时，则是在宿舍里通宵狂欢，小猫在门口放哨，一见到检查寝室的人就扒拉窗户。

眼下，露渲正在返校的路途中，时间很紧，只有十分钟校门就要关了，她加快了脚步。于老师布置的背诵作业她还一点儿没动，而周五的时候于老师说了下周一要默写！急啊急啊！

校门关闭的时候，露渲刚好回到宿舍，宿舍里一片琅琅背诵声。

"难背吗？"露渲问愁眉苦脸的梦渲。

"难背得要死！"梦渲恼火地大叫，"我都背了半小时了，连第一段三句话都没背出来！"

"啊？！真的？"露渲哀号道，"干锅鱼还让我们明天默写啊！"

"明天默写？"雪落惊得手里的薯片都掉在了地上，脸瞬间拉长了，"我还当是下下周一呢！"

"大家快背吧！"

星子魔法高校就是这样与众不同。别的学校都是语文强调背诵，可是这里的老师们却把背诵的要求都放到了魔法课上，期末考卷的默写题统统是魔法课的背诵内容。魔法课可是第一主课！

"要求你们全文背诵的背好了没有？"于老师一下子冲进教室，把大家都吓了一跳，"再巩固巩固，五分钟后默写。"

"不要啊！"于荨大声叫嚷，她总是那么大胆，"超难的，我们背不出啊！"

"没错，超级难！"

"于老师您就再宽限几天吧！"

"对啊对啊，咱们读书人不容易！"

于荨勇敢的抗议引来了一片赞同之声。

"好好好，周四默写。"于老师看上去心情不错，"我当年也背过，真的很难，你们同桌组队，互相帮助，加油吧！"

"呼……"大家松了一口气。

"于老师，您有什么背诵技巧吗？"

"自己想，我们要上课了。反正我记得当初我们班的同学背这一篇文章的时候，使出了浑身解数。"于老师露出一丝缅怀的神情。

"你们说，有哪些方法可以快速背课文啊！"课间，露渲转过头去问。

"魔法的历史长河已经延续了至少三千年……"于荨正在疯狂地读课文。

"你这样一边跷着二郎腿，一边吃零食，怎么能背得好呢？"槿熙打了个哈欠，"你需要坐直，一心一意地读书才行！"说完，槿熙便用标准姿势读了起来。

"我们怎么办？"露渲望望梦渲，"老办法？"

"老办法可不行！过时啦！我们必须想出一种全新的背诵方法。"梦渲坚定不移地说。

"那么我们现在开始想，放学的时候交换想法，挑出比较好的。"露渲建议。

梦渲点点头，说："我们不如先去看看别人怎么背吧！"

"不好，懒得动。"

"走啦，下一节电脑课！"

"我有个好主意！"露渲突然直起腰来，激动地说。

"什么主意？"梦渲有点儿丈二和尚摸不着头脑。

"上网查！"露渲高高地昂起头。

"好主意！"梦渲惊喜地叫了起来，"快去快去，趁老师没来，自由操作一下！"

她们真的去搜索了"背诵方法"，看上去都很专业的样子。她们整理了一下，最终在老师来的前一分钟挑出了一种方法：

倾听你的声音。你可以找来一个录音机，自己朗诵一遍，将其录制下来。然后将录好的声音进行回放，不断地让大脑接收这个刺激，这样就很容易记忆了，当然也就背诵得快了！

"很有道理，非常有道理！"梦渲严肃地说。

"没错，肯定很有用。"露渲也这么觉得，她打算就采用这种方法。

"可以用我带来的多功能收音机录音，晚上来我房间背，我怕她们说我们扰民。"梦渲认为这个点子简直太好了。

"这就是我们的背课文终极计划！哦耶！"两人欢呼。

"我们去告诉大家？"梦渲建议。

露渲却摇摇头："不要，让她们自己想办法吧，我们只有一个多功能收音机，人太多了轮不过来。"

"好吧好吧，听你的。"梦渲揉揉自己淡黄色的头发，调皮地笑了笑。

"在纸鹤市的魔法博物馆里，陈列着一个魔法卷轴……"于荨和槿熙一本正经地读着魔法课本。为了避免干扰，她们转移到了于荨房间里的某个瓶子中。

"你认为我们怎么背课文效率最高？"宿舍大厅里，子夜这么问菀轩。

"大概是分段背吧！"菀轩一下子合上一本书，"书上说的。"

那本书的封面上赫然印着：提高记忆力。

"你借这种书干什么？"子夜十分诧异。

"为了背课文呀，"菀轩不耐烦地说，"我们一定要赶在人家前头。"

"首先我们要做什么?"

"当然是分段啦!"菀轩一把抢过子夜包着报纸书皮的魔法课本,用一支铅笔开始分段。

五分钟后……

子夜的眼中充满了惊讶,不是惊喜的惊,而是惊吓的惊!

"菀轩,你真厉害……"憋了半天,子夜只说出这么一句。

"那当然!"菀轩显得很自豪。

子夜的魔法课本上,画满了密密麻麻的分段的竖线,两句一竖,两句一竖的,壮观极了。

"分这么多段落,感觉更难背了……"子夜惊恐地说。

"分段是这么多,不分段也是这么多,课文的字数是不会变的!"菀轩反驳。

"好吧,接下来呢?"

"来,我们先背第一句……"菀轩用一种诱导三岁小孩子背儿歌的表情,叫子夜跟着她这个"记忆大师"一起背。

"我可不用这么麻烦……"椋汐凑过来,得意地说。

"你用什么方法?"菀轩好奇地问,"不可能有比分段背更加简单的了!"

"她呀,折千纸鹤!"墨尹听不下去了,忍不住开口。

"什么意思?"

"许愿啊!"椋汐似乎很惊讶菀轩和子夜居然不知道,

"折一千只千纸鹤可以许愿的!"

"你确定你这样可以背得出来?"

"读还是要读的,要是我不读的话,菩萨也帮不了我,许的愿望不能太离谱!"

"你继续折吧,还好我一直记着周一要默写,我已经背完了。"墨尹打了一个大大的哈欠。

"那么你折了几只了呢?"菀轩问棳汐。

"三四百只了吧,上周末我就开始折了。"

"来,我们听一遍。"露渲和梦渲已经准备好了倾听自己的声音。

两人按下了播放键,熟悉的声音回响在梦渲软绵绵的房间里。

这天晚上气温特别低,梦渲的房间里却格外温暖,这是棉花起的作用。露渲觉得这里太舒服了,于是她躺在了地板上,地板随着露渲的动作一起一伏的,好舒服啊!露渲简直快要睡着了。

"你困吗?"露渲问梦渲,可是没听见她的回答。露渲站起来一看,梦渲嘴里塞着一大把棉花糖,倚在床边睡着了。露渲并不觉得奇怪,这么温暖的房间,这么舒适的棉花,这么无聊的课文,她自己都困了。

"去……"梦渲迷迷糊糊地说,"去忆风那里讨一些爆米花来吃……"

"才不干,外面那么冷……"露渲连打了五个哈欠。

"去嘛……"

露渲犹豫再三，最终还是想吃爆米花的欲望战胜了瞌睡。她眯着眼走出了房间。

迎面而来的冷空气让露渲打了一个激灵，她一下子睡意全无。她去向忆风要来了两大桶爆米花，突然想到了一件事：天哪！自己和梦渲是在干什么啊！睡觉？吃零食？不是说背课文吗？露渲等不及要去叫醒梦渲了，她急吼吼地冲进梦渲的房间，一下子被地板上凸起的羊绒棉花糖绊了一下，爆米花撒了一地。不过这不是重点。她冲到了梦渲的床前，大喊："起来！起来！梦渲你快醒醒！"

"不要不要……我要睡觉！"梦渲半眯着眼叫了起来。

露渲有些气急败坏，直接对梦渲的房间施了魔法，软绵绵的棉花一下子变成了冰凉的石头，现在房间里比外面还要冷了。梦渲打了个激灵，坐了起来。

"喂喂喂，星露渲！"梦渲大叫，"你做甚啊？！变回来变回来！"

"星梦渲！你做甚啊？！我们要背书啊，不是睡觉！"

"对哦！"梦渲彻底清醒了，"我们要背书来着。"

"到我房间里去背，你这里太……安逸了。"露渲不由分说，拉着梦渲就往外走，同时把梦渲的房间变回了原样。

"你这里一点儿都不好玩。"面对露渲空荡荡的房间，梦渲不满地抱怨。

"至少不会有多余的东西让我们分心。"露渲解释道，她把多功能收音机摆好，一屁股坐在了一把椅子上。

此时，外面大厅里，有一群愁眉苦脸的人……

"玄枫，我们需要冥想。"雪落一本正经地对玄枫说，"我找到了一个背诵技巧。"

"什么背诵技巧？"玄枫好奇地问。

"哈哈哈！"雪落双手叉腰大笑。

"你倒是说啊，什么背诵技巧？"

"哈哈哈！"雪落继续笑。

"不说拉倒，"玄枫做出一副将走未走的样子，"才不稀罕哩！"

"不要不要不要！"雪落一把拉住玄枫，脸上又换成了一副可怜的样子，"我告诉你嘛……"

"快说！"玄枫的眼睛闪闪发亮。

"我可不会这么轻易地告诉你。"雪落尽自己所能摆出一副盛气凌人的样子，"我给你一些提示，你自己想。"

"速度！"

"好，先给你看一句话。"雪落从口袋里拿出一本小本子，上面写着一段两三行的话。

"小兔子起床了，她睁开眼睛，做了一遍兔子眼保健操，然后吃早饭、洗澡、看书……"玄枫默念。这一整段都是在讲一只小兔子早上起床后做的一系列事情，没有几件事符合常理，事情与事情之间也没有什么联系。

"怎么了？"玄枫有些疑惑。

"给你一分钟，把小兔子干了什么事情统统按照顺序背下来。"雪落脱口而出。

"哦。"玄枫虽然有些疑惑，但是觉得雪落这么做一定有她的道理。

"背一下看看。"一分钟后，雪落关掉了秒表。

"小兔子起床了，睁开眼睛，做兔子眼保健操、看书、洗澡、打游戏、游泳……"玄枫背不下去了。

"我就知道。"雪落得意地笑笑，然后拿出手机，开始放一段视频，"努力记住这段视频。"

这段视频是雪落不知道从什么地方找来的一分多钟的动画，也是讲小兔子起床后干的事，和之前那段话的内容吻合。玄枫努力记住这段视频。

"好了，"雪落把手机放了回去，"回忆一下视频的内容，再背一下刚才那段话。"

"小兔子起床了，睁开眼睛，做兔子眼保健操、吃早饭、洗澡、看书、打游戏、游泳、吃巴西烤肉自助餐、看电视、玩蹦极……去上班、打扫厕所……"玄枫大有进步。

"现在知道我说的背诵方法了吗？"雪落露出一个得意的微笑。

"哦……你是说，把文字在大脑里转化为图像？"玄枫恍然大悟。

"没错！"雪落拍案而起，"现在，快快快背！"

"怎么转换啊？这么抽象的课文！"玄枫盯着课文的第一句"魔法的历史长河已经延续了至少三千年，那么魔法的源头又是从何而来的呢？"直发愣。

雪落无奈地说："你当我想得出来啊……"

"我要是你们的话，就不会这么背，"菀婷走过来炫耀，"哈哈，我和忆风的方法可是一流的哦！"

"什么一流的方法呢？"玄枫诚恳地发问，她知道雪落的方法是指望不上了。

"那就是……方法是秘密，总之我已经背出了！"菀婷拍拍胸脯，自豪地说。

霎时间，整个大厅都静了下来，然后响起了混杂着惊讶和羡慕的感叹："这么快？"

"没错，就是这么快！"菀婷看起来容光焕发。

"我也背出了！"忆风举手。

"教教我们怎么背的呗。"

"秘密。"

"哼，有什么了不起的。"

"得意啥呀？我自己背。"

空欢喜一场后，其他星座女孩又继续走自己艰难的背诵之路。

好吧，其实菀婷根本没背出来，忆风也是。两个死要面子活受罪的家伙约定，对外宣称自己背出来了，刺激其他人，其实呢……暗地里都在自己的房间里努力着呢！

"七百八十六只、七百八十七只、七百八十八只……"椋汐继续折着千纸鹤。

"还是我最爽！"墨尹得意地望着焦头烂额的背诵大军，躺在摇椅上看漫画。

"别得意，我们也快背出了。"槿熙瞥了墨尹一眼。

"没错没错，老办法，就是管用！"于荨"啪啪啪"拍着胸脯。

"哈哈，等大家全都背出了，我和忆风请大家吃东西！"梦渲高兴地承诺。

忆风的脸先是皱成一团，然后板了起来："谁高兴请客啊！要请客你自己请！"

"哎呀哎呀，不是啦！"梦渲解释，"你请吃爆米花，我请吃棉花糖，总行了吧？！然后再到棋汐那里游泳，到墨尹那里开飞机！"

墨尹嘴角一抽。

正在折第七百九十三只千纸鹤的棋汐忽地抬起头来："你们刚才有谁提到我了吗？干什么？不会让我请客吧？"

"游泳啦，到你房间里游泳。"玄枫帮忙解释。

"不用解释，解释就是掩饰！"棋汐抬起一只手，做了一个"拒绝"的手势，"首先，我房间没有泳池那么大；其次，我不欢迎你们到我的房间里把水给搅浑了；再次，你们每次来都要把我的鹅卵石给捡光！"

"好了好了！"露渲总是那个和事佬，"我们还有很多种选择，比如到梦渲的房间里玩蹦床。"

"喂！"梦渲不满地大叫。

"到子夜房间里野餐。"

"妈妈呀……"子夜倒抽了一口冷气。

"到玄枫房间里打雪仗。"

玄枫头都没抬一下:"一人一块钱。"

"当然还可以到菀轩房间里荡秋千啦!"露渲终于说完了。

"What?我错过了什么?"菀轩从厕所里走出来。

"你显然是错过了露渲的脱口秀。"子夜愤愤地说,她无法想象十几个人在自己的房间里野餐的情景。

"不不不……"露渲立刻赔着笑脸迎上去,"你非常可惜地错过了五分钟金贵的背诵时间……"

"你惹上大麻烦了!"梦渲悄悄地对露渲说。

果然,露渲一回头就发现几双眼睛怒视着她,谁叫她刚才自作主张安排了那么多活动。

"呼"的一下,一个东西丁零当啷地飞到了忆风的掌心里。忆风拿着那东西晃了晃,是一串钥匙。她微笑着对露渲说:"你箱子的钥匙先让我保管着吧!"宿舍里每个人都有一个可以存放贵重物品的保险箱。

"喂喂喂!"露渲大叫着要去抢。

忆风一把把钥匙抛给槿熙:"藏起来!"

槿熙毫不犹豫地拉开结界,把钥匙抛了进去,结界的入口立刻消失了——她虽然配合着忆风,但又怕露渲扬言要去她的房间旅行。

"啊!"露渲悲哀地叫了一声。她倒不是担心没有钥匙开不了保险箱，而是担心她的保险箱被同学们打开。那里面可塞满了她不及格的试卷啊！

"默写。"于老师板着脸开始发默写纸。

大家不约而同地叹了一口气，半分钟后，教室里就响起了写字的沙沙声。

课文真是难背啊！大家都时不时地停下笔想一会儿。

十几分钟后，随着于老师的一声"停笔"，星座女孩们只好放下了手中的笔。要是错了，可是要全文重默的啊！

结果还没有出来，露渲独自站在走廊上，呼吸着微带凉意的空气，脑袋里是一堆剪不断理还乱的代码。

虽然背课文很痛苦，但这也算是全班的一种"仪式"。

第十一章
八卦世界

这你就片面了，八卦可是一种生活态度啊……

星雪落一大早从树枝间的小床上醒来，睁开亮晶晶的双眼——这不只是眼睛，还是八卦探测器。在她的眼中，世界处处有八卦新闻。

她就这样每天从梦中醒来，用这双眼睛看着这个纷繁的世界。

事实上，雪落念小学的时候一点儿也不八卦，还觉得八卦很无聊。可是，家乡小镇的中学造就了她一双善于发现八卦的火眼金睛。初中的流言蜚语显然多了很多，再加上雪落运气不好，分到了一个男女比例极不平衡的班，女同学个个都是八卦能手。情况严重到了什么地步呢？雪落要是不学会八卦，甚至连朋友都交不到。她就这么被同化了。但那时，她的八卦能力还只是普通级的。转折点在哪里呢？就在她来到星子魔法高校高一星班，遇到了星墨尹之后。星墨尹在八卦界可是一个厉害的角色，她善于抓住当事人嘴里不经意间蹦出的"我们""一起""比较喜欢"等字眼，大做文章。
雪落自从遇到了墨尹，就取长补短，不断精进……总之，她
升级了，一跃成为星班最八卦的女生！

雪落蹦下床，穿好衣服刷好牙，回忆着昨天的所有八卦
事件。

雪落掏出一本厚厚的硬皮本，哗啦哗啦翻到其中一页。
这八卦日记不同于其他日记，这本日记是以报纸的形式记录
的。本子的内页是报纸的格式，这给雪落带来了极大的
方便。

写好日期和天气，她顿了一下，在头条那一栏写上"班
长大人星忆风行动异常！（见第四篇）"，便接着往下写，
无非是什么"我们班的谁谁谁和什么班的谁谁谁疑似怎么怎
么样"的故事。当笔尖移动到第四篇的位置时，她不禁笑出
了声。忆风行动异常、神色异常是因为她在学校里乱扔垃圾
被隔壁班的某个男生看到了。敏感的忆风自然是以小人之心
度君子之腹，认定那个男生会去告状，但又不好意思当面去
求饶，于是一下课就神神道道地死盯着那个男生。这么点儿
事，愣是被雪落写成了"星忆风一下课就眼神迷离地看着隔
壁班的×××，人家一有动静她就担心地站起来"。

写完八卦日记，雪落伸了个大懒腰，双手抱着头走出了
自己的小房间。

大厅里一个人都没有。早起的去吃饭了，其他的还在睡
觉。雪落有些孤独地撇撇嘴，来到食堂，照例和同班同学坐

一张圆桌。

"哎，你们看到没有，星菀轩的香水，上次卖不出去的，全发黑发臭了……"雪落一走近，就听到墨尹这么说，随后传来一阵对菀轩的嘲讽。

"我看哪，要是我们去问她，她一定不会承认的！"椋汐作为墨尹的闺蜜，补充了一句，又引起了一阵哄笑。

"没错没错，她呀，清高得很呢！"于荨冷笑。

雪落有些不解，她不知道为什么大家对菀轩的语气和态度都变了。她和忆风最近在参加一场校级××××之星评选，非常忙碌。忆风并不怎么上心；雪落可是忙碌地整理自己的获奖记录，写自我推荐，思考着如何才能从三十六名竞争者中脱颖而出。所以，班里的微妙气氛，她多少有些忽略了。

刚坐下没一会儿，雪落就被大部队成功洗脑，她突然觉得星菀轩这个家伙真讨厌，于是不自觉地也加入了这支大部队。

突然，刚才还热热闹闹的餐桌沉寂了，菀轩不知什么时候来了，她的眼神冷冷的，似乎听到了刚才的话。不一会儿，餐桌又热闹起来，话题却和刚才截然不同。菀轩像是与世隔绝，一句话也不说。

雪落突然对这件事情很感兴趣。之后的几天，她更加密切地注意菀轩周围的人和事，虽然在大家的感染下，她也越来越讨厌菀轩，但这并不影响她的观察能力。

菀轩被其他同学彻底地排斥了。这从大家看她时厌恶的神情和避之唯恐不及的姿态可以看出来。特别是同桌子夜，在她的眼里，菀轩简直是个怪物！子夜连一支笔都不想借给菀轩。虽然众人极力避免让菀轩知道她们对她的厌恶，但菀轩还是不可避免地知道了一部分，眼睛里总是充满着忧郁。

雪落也无法再平心静气地对待菀轩了。算了算了，对雪落来说，八卦才是王道！

"玄枫，听说你在'钱'这方面很在行，是吧？"子夜问雪落的同桌——玄枫。雪落自然是侧耳倾听，不放过任何信息。

"没错！"玄枫毫不推辞，"你找我有什么事？"

"当然是问一下关于钱的问题啦！"子夜笑眯眯。

"什么问题？"玄枫直截了当。

"这个……那个……"子夜支支吾吾。

雪落知道子夜紧张了，她一紧张语言功能就会失灵。不过，她越紧张，接下来她说的内容就越值得一听。

"快说啦！"玄枫有些不耐烦地推推滑到鼻梁上的眼镜。

"好吧，我有点儿紧张。"子夜深深地吸了一大口气，"好吧，就这么跟你说，隔壁班有个男生欠了我二十块钱，你也知道我这人可谨慎了，叫他写了字据，可是他还是一直没有还。我想去提醒他的时候才知道他生了水痘，因为他家就在镇上，所以他就回家了。我一旦想起来有人欠我钱不还就无法忍受，可是我掐指一算，水痘痊愈差不多要一个星期，本来一个星期后我就可以向他要回来，可是很不巧，一个星期后我要请假和爸妈去旅游。那么我怎么能让他快点儿还钱呢？玄枫你给我提几点建议吧！"

"嗯嗯，你让他写了字据，这一点非常好！"玄枫颇有几分金融频道主持人的风范，"我建议你，把催还钱的事写在一张留言条上放进信封里，为了防止被偷看，要特别注意把信封封好哦！然后，为了防止那个欠你钱的女生赖账……"

"是男生。"雪落轻轻地提示。

"反正都是欠债方！"玄枫不屑地把手一挥，"你要把字据放进去。注意，要放复印件，不然可能会被欠债方给撕了，然后死不认账，这样你就理亏了！等他回学校，就能看到字条；等你回学校，就能拿回钱了。"

子夜点点头。作为行动派，她立刻准备好了信封，五分钟后，就搞清楚了那人的座位。因为担心被误认为投递情书，子夜打算放学后再去放。

这一切，都被八卦记者星雪落看得清清楚楚。她嘴角上扬，酝酿着什么。

"速度！"雪落在心里对自己说。她立刻猛翻书包，掏出一根肉花肠就塞嘴里，然后抽出了一张白纸。这可是不可多得的好素材，应该怎么夸大呢？

今日下午×点×分，星子夜神色诡异，手里紧紧攥着一个白信封，里面鼓鼓囊囊像是塞了什么重要的东西。只见她躲躲闪闪地穿梭在人群中，向隔壁常班走去，脸上除了少见的紧张，还有初恋的青涩……

写完这一段，雪落都快笑死了。她拼命忍住笑，把纸塞进课桌洞。还剩下一半没写完，等傍晚放学子夜投递"情书"之后再写好了。

"呵呵。"最好的朋友忆风匆匆浏览了一遍这篇文章，居然敷衍地干笑了一声。雪落感觉有些奇怪，忆风这是怎么了？她不安地把纸折好又放回了课桌洞。

就在子夜旅游回来的那一天早晨，雪落独自路过布告栏。今天的布告栏前人特别多，这是怎么回事？身为一个眼观六路耳听八方的八卦记者，她有责任、有义务去看一看。

好不容易挤到布告栏前，雪落仰起头看向那张聚集着万千群众目光的纸，上面熟悉的字迹让她的心里"咯噔"一下。

妈呀，上面贴的就是她写的那篇八卦文章！

雪落的眼睛突然睁得前所未有地大，脸上瞬间浮起了火烧云，心跳也瞬间加快。谁说这种感觉只出现于初恋之时？雪落还没遇到初恋，就先体会了这种"初恋的感觉"。

这会惹出大麻烦，这会惹出大麻烦，这会惹出大麻烦……雪落在心里一遍一遍地念叨。这一篇文章要是像其他的文章那样不严谨、有漏洞，被当成笑话看看也就算了，偏偏上次自己绞尽脑汁写了一篇完美、严谨、无漏洞的八卦文章。救命啊！要是被老师看到那可不得了！

唯一的办法就是尽快撕掉，在当事人和老师看到之前快点儿撕掉！

可是——雪落做什么事都要考虑多个方面——这么撕掉了，岂不是自己招认？所以一定要在没人注意的时候去撕掉。

去往教室的路上，雪落一直在琢磨这么不道德的事情是哪位"仁兄"做出来的！她在认识的人中一个一个做着排除，最后剩下的却是她闺蜜的名字——星忆风！

雪落心头微微一震，这个结果在意料之外，又在意料之中。忆风最近不知道怎么回事，跟她疏远了许多，跟墨尹倒是亲近了。记得上次拿自己的文章给忆风看时，忆风只是敷衍地干笑。难道她们七年的友谊就快要走到尽头了？雪落感到一丝凉意。算了，当务之急是撕了那张纸！

雪落疾步走进教室，忆风和子夜都在，子夜看上去还没看见那篇文章——她不喜欢凑热闹。

还好还好。雪落舒了一口气。不过，忆风的所作所为实在是不可饶恕！雪落虽然看上去与平常无异，但内心却掀起了可怕的风暴。她，今天非要找忆风讨个说法！

"忆风，我们去走廊上吧！"雪落甜蜜蜜地笑着说。

忆风显然松了一口气，但是仍然没有放松警惕。没错，文章是她贴的，那又怎样？八卦也要有个度！这只是对雪落的一个小小的惩罚。

"喂，那张纸，是你贴的吧！"来到走廊上，雪落再也没心情装下去了。

"什么纸？哦，对，你的作文的确被我作为优秀习作贴到墙报上去了。"忆风装傻。

雪落怎么会看不出来？她真的忍无可忍了！

"我学过武术！"雪落说着一个右勾拳向忆风飞去。

没想到，雪落修炼七年的右勾拳居然被忆风的手握住了。

"你忘了吗？当初是你把我拉去一起学武术的，直到今天，我们还是同学。"

雪落没有说话，只是无声地把一记左勾拳击向忆风的眼睛。可是，拳头才刚擦过忆风的脸就又被拦下了。雪落的两只手腕全被忆风抓得紧紧的。

雪落假装想要挣脱手腕，却神不知鬼不觉地把脚踢向忆风的腿。

"哇哦！"忆风一惊，立刻跳起来，但是脚腕上还是留下了一抹淡淡的擦痕，她的手没有放松。"有话好好说。"她显得很平静，声音却不自觉地提高了几倍。

作为多年的闺蜜，雪落当然懂得忆风的用意。关键时刻，吸引别人的注意，这样大家就都看到雪落这个恶人了。于是雪落不再反抗，只是默默地望着忆风的眼睛，茫然而无助。

忆风一下子怔住了，她想到了三年级时她们第一次相遇的情景。

忆风天生聪明，常常受到老师的表扬。可就是因为太过聪明，常常会骄傲地拆穿同学的谎话，虽然她并没有恶意。小小的忆风无疑是一个孤独的智者。

三年级时，雪落转学来到了忆风所在的小学，和她成了同班同学。那时两人都不喜欢谎言，雪落是因为天生坦诚，忆风则是因为害怕有一个比自己还要聪明的孩子拆穿她的谎言。因此，两人成了朋友，忆风就是雪落来到陌生学校后的依靠，雪落则是忆风唯一的朋友。很幸运，她们上了同一所初中——虽然不同班——友谊越来越深厚。

雪落转学过来的那天，她的眼神也是这样，茫然而无助。

忆风松开了抓着雪落的手，两人僵持着，但都意识到了自己有错。

自习课时，雪落终于找到了时间，看看四下无人，悄悄地撕下了布告栏里的文章。殊不知，先一步看到文章的于老师已经表情僵硬地向办公室走去了。雪落轻快的脚步追上了于老师沉重的脚步。

"把星子夜和常班的常记叫到我办公室来。"正好遇到雪落，于老师交给了她这个任务。

雪落悲哀地点点头，她终究还是晚了一步！子夜还不知道怎么回事，她以为那个信封被淹没在常记的一堆试卷里还没有重见天日。

不管怎样，雪落还是叫来了不明就里的两个人，心中像是有好多虫子在爬，有一种沉重的负罪感。

"怎么回事，自己解释。"五分钟后，神通广大的常班班主任握着她翻找出来的子夜的白信封，冷冷地对两人说。

雪落在门外偷看，牙齿咯咯咯地响。天哪，惹上大麻烦了！

办公室里，两个老师不断地教育他们，流露出恨铁不成钢的心情。面前的两人却听得一愣一愣的。那个倒霉的男生常记真的是一点儿也不清楚，事情发生的时候他正在生水痘。子夜也是迷迷糊糊的，但后来她似乎有点儿明白了。

哦，是不是放字据的时候被某些唯恐天下不乱的小人看到，小题大做，去告诉老师了？子夜这么想，她一定要立刻解释清楚。

可是子夜一紧张，语言功能就失灵，她在那儿抖了半天才支支吾吾地说出一些不连贯的词语："老师，不是……这样……哎呀，不是……您听我解释……事实上……"

我们的八卦记者此刻正努力想多看到一些，她踮起脚尖，费了好大劲儿，却只从窗户里看到抖得像个筛子的子夜和一脸茫然张大着嘴巴的常记。她自己也紧张起来，心急如焚，简直比门内的两个人还要慌乱。

于老师很生气，不断地重复着"你们都是好学生啊！"之类的话。毕竟"早恋"是个敏感的话题，她不能挑明了说。至于那个白信封，她根本没心情拆开！她不是第一次遇到早恋的学生了，也没收过不少类似的白信封。里面无非就是"爱来爱去"的，没有任何营养。这么大点儿的孩子，知道什么叫"爱"吗？

信封还没有被撕开过，一直以来它都被压在常记课桌里的一叠作业下面，今天终于重见天日了。

两个生气的老师教育了他们足足半个小时，正在气头上。

"生气是要折寿的！我可不想折寿！看在你们是好学生的分儿上，我才来教育你们，要不然，我管都不想管！"于老师气呼呼地说。

"不不不……是这样的，老老老……师！！！您您您……听听我解释啊！！"子夜终于说出了一句还算完整的话。

"什么解释？怎么解释！这就是解释！"于老师大吼一声，站了起来，"非要我拆开来看，读给全班同学听是吧？我这就打开，先在办公室里读一遍！"

于老师一气之下，撕开了白信封，倒出了两张纸来。她拾起其中一张，大声朗读："欠债字据，常记欠了星子夜二十元钱，必须还！双方签名……"于老师读着读着，感觉有些不对劲。说好的情书呢？怎么是欠债字据啊！她惊异地看了一眼子夜，拿起另一张纸继续读，但是底气显然没有那么足了："你欠我二十元不还好久了，快点儿还我！"说好的早恋呢？说好的情书呢？敢情自己还是白白折寿？于老师脸色苍白地把纸递给了常班班主任，两个人相顾惊疑，脸上的表情和两个倒霉蛋被拉进来时一模一样。

门内老师面面相觑，门外雪落欢呼雀跃。

两个倒霉蛋也长舒了一口气，"情书"事件不了了之，子夜的钱也终于要回来了。

可是子夜还是有些疑虑，谁会这么没事找事啊？她在大脑里把嫌疑人列了一张表格，打算一个一个查过去。

星雪落，这个八卦小能手非常有可能小题大做！

子夜决定套一下雪落的好朋友忆风的话，她立刻走到忆风身边，嘴巴夸张地一撇，对着忆风的耳朵悄悄地说："好忆风，告诉我，最近雪落有没有捏造关于我的八卦啊？"

"当然有啦！"忆风毫不犹豫，"她说你去递情书，还写了一篇文章，不知道怎么回事被贴到布告栏里去了。于老师看见了吧？不过雪落已经把它撕下来了……"

没等忆风说完，子夜就挥着拳头冲着雪落喊道："星雪落，你过来，我保证不打死你！"

第十二章
话剧问题

本来一点儿小小的不悦也造不成什么麻烦，问题就是——跳舞的排练时间和话剧的排练时间重合！

这是十一月的尾巴，冬天来了，寒风来了。

在乐观的椋汐看来，这是十一月的尾巴，圣诞节来了，元旦来了。

椋汐非常期待这两个节日，一个可以借机用魔法布置教室，另一个有全校文艺会演，自己有机会一展风采。也许会被全校师生赏识，派去比赛，走上领奖的红地毯，成为当红歌星……想想还有些激动呢！虽然十二月还没来，但是椋汐期待的其中一件事已经拉开帷幕了。

校级文艺会演的海选！

椋汐是高一新生，还没有在学校里混到风生水起的阶段，这次海选，将是她高中美好生活的开始！昨天她就听音乐老师说了海选的事情，时间安排在下周五，有唱歌、跳舞、小品、器乐几个板块，可以多报。唱歌她是报定的了！

和以前独唱不同，她现在有了和自己水平相当的搭档子夜，可以合唱了。器乐嘛，她早就和于荨、菀轩商量好了，要去报名笛箫合奏的。说到菀轩，她最近在班里混得可不好。大家都讨厌她，排斥她。椋汐觉得自己很了不起，在这样的环境里还可以和菀轩和平相处。平心而论，菀轩除了看书时把食物渣掉到书缝里导致书发霉长虫，以及喜欢咬笔杆，其他方面都是不错的。

可怜的菀轩，她没有了朋友，很孤独吧！或许，她也不希望有人怜悯她，就算是曾经的四个好朋友。话说墨尹本来是因为菀轩看书不雅和咬笔杆才讨厌她的，可是这和自恋臭美有什么关系啊？墨尹也真是毒舌……作为墨尹的朋友，椋汐有些无奈，一天到晚听着墨尹说菀轩这里不好那里不好的。最近墨尹还为菀轩想出了一堆代号（为了防止菀轩听到大家在议论她），据不完全统计，有夹竹桃、窗帘、铁锈、棉花等十几个代号。好吧，这里面也有椋汐的"功劳"。

最近，同学们都在张罗文艺会演海选的事。昨天墨尹提出计划说要演话剧，让大家回去都找一下剧本。

椋汐昨天忘记找了，幸好今天五点钟就醒了，她赶紧上网查，最终选中了一个名叫《新白雪公主》的剧本，很搞笑，她很看好这个剧本。椋汐赶紧把剧本发到了手机里，然后高高兴兴地去吃早饭了。

"什么？"第一节课下课后，椋汐大叫，"你们谁都没找剧本？"

"嗯……"子夜和墨尹带着有点儿害怕的神情点点头。

"我找了！"于荨举手，"给你们看看。"她拿出自己的手机，递给大家，让她们一个一个传阅。

于荨找的是一个古代的故事，好像还是一个寓言故事。但是，椋汐觉得没有自己找的好。

"来来来，看看我的！"椋汐迫不及待地把手机递过去。

"很搞笑。"子夜点点头。

"很有意思。"墨尹点点头。

"比我的好。"于荨点点头。

"我很满意你们的评价。"椋汐点点头，"那么接下来就是最有意思的部分了——选角色。"

"我们应该像拍电影那样！"子夜激动得直跺脚。

"试镜，海选！"墨尹兴奋地接上话。

"哦耶！"两人击掌。

中午休息时，几个女孩在教室外的花坛边继续讨论话剧。

"那么我们一个一个地试吧，先是王后。"于荨冷静地微微一笑，"墨尹你先来吧！念一下王后的第一句台词。"

"啊？我？"墨尹有些不情愿，"好吧。"她拿过椋汐的手机，神色夸张地说："哈哈！知道我是谁吗？（昂起头，骄傲的样子）我就是那美丽如花（臭美状）、天生丽质（托下巴）、能说会道的——（停顿一下）翠花！唉，王后的生活真无聊，还不如我以前当女巫的时候有趣。以前无聊还可以骑着扫帚出去玩，现在却每天要对着那个无趣的国王和讨厌的公主，真是烦死人了！"

"前半段非常好，你很适合演这个恶毒王后的角色……"子夜故作严肃。

"恶毒王后？适合？"墨尹暗暗嘀咕，瞪了子夜一眼。

子夜似乎没有发觉，继续说道："这种反面角色就该由你这种女……"

"嗯?!"墨尹恶狠狠地瞪着子夜。

"……天才来演……"子夜半路改了口，把"汉子"二字生生吞回了肚子。

"那么这个角色就这么定了！"椋汐爽快地一拍桌子。

"啊？真的是我？"墨尹一脸惊讶。

"没错，就是你！好了，接下来选魔镜。"椋汐几乎无视墨尹，继续选角。

一片沉默。

没有人愿意当魔镜，反派角色至少是一个人，而魔镜连一个人都不是。

"我来当魔镜。"正当大家犯难的时候，于荨举起了手。

于荨算是几人中相貌最平凡的了，再加上经常被墨尹和椋汐开玩笑，有点儿自卑。她不像墨尹那样从小就很有人缘，也不像椋汐那样多才多艺出尽风头。她只会画画，在无声的绘画比赛中取得几个并不引人注目的一等奖。算了，当个魔镜也好，免得演白雪公主之类的被墨尹笑话。于荨就这样解决了大家的燃眉之急。

子夜长舒了一口气："下一个，白雪公主。椋汐你先上。"

椋汐其实是比较想出演这个角色的，她要努力争取。她酝酿了一会儿之后，完成了下面这段话的演绎：

"小若（担心害怕），你怎么了（哀悼状）？你别死啊（号啕），你答应我的，要请我吃炸鸡（加重语气）的啊，你别……死啊！……（转成哭腔）"

她期待着自己的表现能被大家认可。

接下来是子夜演绎。

"小若（夸张地捂嘴），你怎么了（剧烈摇晃一具不存在的尸体）？你别死啊（动作幅度很大地抹眼泪），你答应我的（捂着心口），要请我吃炸鸡的啊，你别死啊！"

墨尹疯狂地鼓掌："哇，好感人啊！白雪公主就是你了！"

椋汐心中无语的感觉远远超过了伤心。

"那么，还差一个侍女和一个猎人。"于荨看看手机，又看看一旁装疯卖傻的椋汐，果断做出判断，"这两个人物显然完全不适合椋汐。"

椋汐倒是松了一口气，她才不想当那个台词少得可怜的猎人或者那个一剑被杀的侍女小若。好吧，她是故意装疯卖傻的，就等着于荨刚才那句话。

"露渲！"子夜毫无征兆地大叫一声，"她可以当猎人，平时又凶悍又神经质的，最适合了。"

露渲只对男生凶悍，上次有个男生被她踩了一脚，轻轻骂了一句，露渲就大声尖叫，继而号啕大哭，直接把人家逮到办公室里去了。

"叫我干啥？"露渲笑嘻嘻地来了，她对女生还是非常温柔的。

"我们打算排一个话剧，叫作《新白雪公主》，请你帮我们演一个跑龙套的猎人。"很好，简洁明了，子夜很满意自己的解说。

"好的好的！话剧？我还没有演过话剧呢，谢谢啊！"露渲欣喜若狂。

墨尹微笑了一下："好吧，你先等一下啊，我们还没有完全商定。"

"看看谁比较符合侍女的特点吧！"椴汐有些不耐烦了，她随便说出两个名字，"忆风？雪落？"

"对，雪落。"墨尹点点头，"雪落和子夜站在一起，更能凸显出侍女和公主的区别。"说完这句话，墨尹有点儿后悔。雪落是长得矮了点儿，还有些微胖，和身材高挑的子夜站在一起的确能够凸显区别，但这样做似乎不太厚道。

雪落接受了邀请，但墨尹还想到了一些问题。露渲和她们几个只是泛泛之交，雪落则是她们闺蜜小圈子外最好的朋友了，而雪落的台词却比露渲的少。于荨似乎也注意到了这一点，暗暗皱眉。把雪落送走后，她们开始讨论雪落的台词和椴汐的角色问题。椴汐是她们闺蜜小圈子中的一员，台词自然要多一点儿。

"只能改！"于荨手掌一拍，说道，"添加一个人物，这个光荣的使命就交给子夜你了。"

"嗯。"子夜虽然稍显不悦，但还是顺从地接受了，"那么人物我自己设定咯？桵汐，不要担心，明天你的角色就有着落了。"子夜向桵汐笑了笑。

"一定要台词多一点儿，性别女，要聪明一点儿，并且被人所认可……"桵汐一点一点地向子夜提要求，又突然觉得自己有点儿过分，"没事，不能实现全部要求也没关系的。"

"放心，我一定全都帮你实现。"子夜潇洒地挥挥手。

"啊，子夜，你真是太好了！"桵汐又开始装疯卖傻。

"没事没事，我们是最佳拍档嘛！"子夜笑了笑，心中已经在构思了，这个角色，桵汐一定适合……

"容嬷嬷？！"晚上八点的宿舍里，桵汐的一声惨叫显得格外刺耳。

"对啊！"子夜面不改色，"你说要聪明，容嬷嬷很聪明；你说要台词多，已经和王后差不多了（当然是加上了和雪落对半分的旁白之后）；你说要被人所认可，容嬷嬷被王后所认可，完全符合你的要求啊！"嘿嘿，桵汐动不动老吓她，子夜才不会便宜桵汐呢！

桵汐彻底失望了，她昨晚还在设想着自己的角色是如何"冰清玉洁""冰雪聪明"，现在看来一切无望了！唉，算了算了，子夜改稿也挺不容易的，当一下容嬷嬷也算是挑战自己的演技啊！

“我还在稿子上加了一些提示，叫文印室阿姨帮忙打印出来了。”子夜说道。

“好！我们到外面排练一遍。”

雪落：“很久很久以前……嗯，到底多久，我也不知道，一个美丽的王后生了一个可爱的女儿，因为皮肤很白皙，所以就取名为白雪公主……可是不久之后，王后得病去世了，国王娶了新的王后……”

排练很顺利，大家也都非常满意。棂汐的演技在她自己看来还是很棒的，她努力做出容嬷嬷那副狡诈的样子，挺成功的。唯一破坏大家心情的就是那个星菀轩。大家因为找不到可以排练的地方，只能退而求其次，找了一个不容易被注意到的小角落排练，以免让别人免费看戏。这个地方除了露渲外，其他人都去过，于是大家都在宣布排练的瞬间就跑了出去。棂汐刚跑出去，就意识到露渲没跟上，回去拉她的时候，星菀轩也跟上了——她早就知道她们要排练话剧，并且再三要求棂汐带她去，可是被棂汐一口回绝。星菀轩不是躲躲闪闪地跟踪，而是明目张胆地跟踪。

“快点儿！再快点儿！”棂汐催露渲。可露渲却是一副老大不情愿的样子，速度照常。无奈，星菀轩就这么跟到了排练场地，看了一场话剧。在墨尹的眼里，星菀轩简直像幽灵一样存在着。

第二天，大家去音乐老师那里报名。

"我们有一个固定的舞蹈节目，缺人，我看星墨尹和星子夜正适合，你们要来吗？"报完名，音乐老师这么说。

墨尹和子夜当然是迫不及待地答应了，毕竟，谁都想要多出一点儿风头。

椋汐有点儿不高兴，因为她认为话剧至上，好歹应该询问一下话剧组的意见。本来一点儿小小的不悦也造不成什么麻烦，问题就是——跳舞的排练时间和话剧的排练时间重合！椋汐觉得，凡事讲究个先来后到，她们俩理应努力推掉跳舞而不是对椋汐摆一副臭脸，理应改跳舞的排练时间而不是话剧的。椋汐气坏了，直接对音乐老师发了一顿小脾气，可是老师完全没有听进去，只把它当笑话。墨尹和子夜看椋汐这么生气，便保证了其他所有空余时间她们都会用来背台词。

还好，体育课的自由活动时间可以用来排练话剧。但是，问题紧跟着来了，子夜和墨尹又临时被叫去跳舞了。

椋汐这次真的发火了，两大主演不在，怎么演？在她的心里，跳舞的那群人已经变成了一群邪恶可憎的大灰狼，而子夜和墨尹就是两只被蛊惑的小绵羊。

椋汐在走廊上来回踱着步，嘴里不断地咒骂着。

"哎呀，别生气。"于荨坐在走廊边的矮墙上，耷拉着脑袋。

"这叫我怎么不生气？两个主演关键时刻缺席，说好剩余时间全部用来背台词的，可是她们背了吗？她们就不应该去跳舞！"栳汐火冒三丈。

"可是你也不能把她们抓回来啊，你改变不了她们的想法的！"于荨抬起头来。

"两个讨厌的家伙，当初不是她们要排话剧的吗？"栳汐的脸色很难看。

"可是我们又没办法……"

"难道看着她们跑去跳舞而不好好练话剧你就高兴了？"栳汐冷眼看着于荨。

"也不是……哎呀，我也不高兴的，可是又有什么办法呢？"于荨站了起来，一副百口莫辩的样子，"你应该冷静一点儿，不要发脾气。"

"谁发脾气了！我只是从客观的角度向你阐述一个事实！"栳汐大吼大叫，论音量，于荨绝对不是栳汐的对手。还好，没人注意，大家都在体育馆里打羽毛球，只有她们选择了排练话剧。

"你不要这样，跟演话剧相比，她们自然更想去跳舞。"一直没有开口的雪落说话了，"跳舞是定好了的节目，一定能上场的，话剧还要经过海选，上场的可能性还是个未知数。"

沉默。

"并且……"于荨嗫嚅道，"我们也多少有些嫉妒……"

雪落点点头，对栳汐说："你应该理解。"

栳汐一脸茫然地看着雪落，她不怎么理解，为什么要嫉妒两个"叛徒"？哦，明白了。雪落除了话剧就没有其他的节目了，于荨虽说还有一个笛箫合奏，但是也不一定能选中。棂汐的唱歌节目是老师已经选定的，她是一定能上场的。但她还是很生气："如果我是她们，我现在就去把跳舞给推掉！如果我的唱歌练习也和话剧排练冲突了，并且是话剧先邀请我的话，我现在就去把唱歌给推掉！不信，我们可以试试。"棂汐是绝对相信说一不二的自己不会背叛话剧的。

"这个你怎么试啊?!"于荨也有点儿生气了，"没办法试!"

棂汐想到自己昨天千辛万苦在晚自习的时候借了音乐教室，子夜和墨尹却是一副老大不情愿的样子，磨磨叽叽的，摆着臭脸，絮絮叨叨地抱怨着。进了音乐教室，棂汐看到了几个不认识的同学，墨尹和子夜看见这几个人就好像看见了救命稻草，说要走，因为有人占用了教室。两秒钟后，那几个巡逻的值日生就走了，她们才不情不愿地进来。

"别对我板着一张臭脸!"棂汐不禁发火了。

"谁的脸臭了!"墨尹丝毫没有嘴下留情。

棂汐又想起了最近的伤心事。好朋友们并排走，不再带上她，她只能孤独地跑在最前面，似乎只有这样，才能找回一些优越感。这就是为什么她可以狠下心痛骂自己相识十年的闺蜜和好不容易才遇到的知己的缘故。既然她们狠得下心丢下她，她骂几句又算得了什么？

"棂汐，你放松一点儿。"一直沉默的露渲好意安慰。

"你叫我怎么放松？"棁汐的语气里多了几分嘲弄，"两大主演不知所终，到现在她们俩连台词都还没背出。你叫我怎么放松?!"

"你改变不了她们的想法，"露渲皱皱眉，"我知道，你们都有各自的理由。我也懂得你的心思，你就是揣着……那个啥的理念……"

"先来后到。"

"对对对，就是先来后到！"露渲的脸舒展了一点儿，"我知道你心里很不舒服，但你也要替她们想一想，或许还真的是话剧的问题……"

听到这句话，本来脸色已经略有缓和的棁汐一下子又变脸了。她转过身面对着露渲："哦，我明白了，我算是明白了！你就是想给我洗脑！"棁汐恶狠狠地用手指指着露渲的鼻子，语气越发强烈，同时还不断地向前走，把露渲逼得一步步后退。"你就是想让我放弃自己的观点，就是想要迫使我屈服！我告诉你，永远永远不可能！"棁汐用力地跺着脚，蓝绿色的眼睛简直要喷出火来。

露渲没有任何征兆地流下了眼泪，小声抽泣了起来："我不是这么想的……"

"露渲你怎么了？"雪落最先跑过去。

"棁汐！"于荨叫起来，"你看你，没事发什么脾气。"于荨也过去安慰露渲。

"不用了，我没事。"露渲通红的脸上滑落几滴眼泪，"棁汐，你想一想我说的话，我不是要给你洗脑……"

争吵过后，露渲和桄汐冷战了一整天，还好，第二天她们就恢复了友谊。

桄汐好像又变回了那个快乐得没心没肺的孩子，与欢歌笑语做伴。可是，谁也不知道，她心里的创口有多深。

桄汐从走廊上起飞，她现在已经可以飞得很高了，技术也很熟练了。她就这么盘旋在天空中，她是风啊！风，是要徜徉，要翱翔的！白云不会对她冷嘲热讽，小鸟也不会对她说三道四。迎面而来的风，柔软又坚劲的风，像她一样的风……

桄汐分析着最近自己和同学们的关系。其实她不那么讨厌菀轩，因为菀轩和她有着不一样的交情。刚学习魔法的时候，桄汐爱上了用魔法整人，比如晚自习的时候戴个假发套飘在厕所里吓人。整人团队的成员还有墨尹、于荨和菀轩，她们因为整人去过不少次办公室。其实吧，去办公室认个错也没什么的，可菀轩偏偏执拗，怎么都不肯道歉，搞得于老师又是要打她家长电话又是要告诉校长的。每次都是桄汐替她低头，替她保证今后不会再犯。

桄汐和墨尹、于荨是在一年级的时候认识的，她们是同班同学。桄汐和墨尹本来就住得近，很快就成了好朋友。于荨则更像一个局外人，她努力尝试融入这个群体，可是桄汐和墨尹似乎不怎么买账。于荨小的时候脾气很大，还动不动就哭。有一天不知道怎么了，她直接打了桄汐一拳。班主任是于荨的亲戚，对于自家的孩子，班主任更是不留情，一个电话打给了于荨的妈妈。当天晚上，于荨的妈妈就给桄汐的妈妈打了电话道歉，同时央求对方让椋汐和墨尹跟于荨一起玩。于荨就以一个不大光彩的开头加入了这个铁三角。铁三角也是锻炼出来的，一开始，只是一个"草三角"。

于荨和墨尹似乎在刁难人方面很有共同语言，然后椋汐便迎来了悲惨如灰姑娘的日子。明知道椋汐不会跳舞，她们偏要让椋汐做出一系列例如高抬腿、劈叉的动作。椋汐不会，但她努力尝试了，尝试的结果就是被两个朋友嘲笑。有一次大家玩"女神"游戏，墨尹和于荨摇身一变，成了"森林女神"和"莲花女神"。别人都有自封称号的权利，偏偏椋汐没有，最后，她被冠上了"白纸女神"的称号。墨尹和于荨一再表现她们的优越感，说她们可以用树叶和花瓣做漂亮的衣服，而椋汐却只能用白纸裹在身上当衣服。

"我可以用剪刀剪。"

"你剪出来的不对称，""森林女神"想了想说，"你必须不对称。"

"我把白纸对折剪，就对称了。"

"那你就不能用剪刀剪，你只能用手撕。"

将近十年前的事情，椋汐还记得。她问过于荨，于荨不记得了，墨尹似乎也不记得了。

事实上，这个铁三角也没有那么铁。椋汐知道，于荨更喜欢墨尹，自己也喜欢墨尹，而墨尹却无所谓，她欣然接受来自于荨和椋汐的各种好处。椋汐也很看得开，虽然她更加喜欢墨尹，但是还是公平对待两个朋友。有时候，她觉得墨尹现在这么任性，是因为小时候大家把她给惯坏了。于荨显然没有这个想法，始终把墨尹的感受放在第一位。对于这样的不公平待遇，桤汐有些不满，但很快就释怀了。只是这次，她忍不下去了！

夜晚，她早早地回到了房间，独自坐在船上，抱着膝，任由小船在水上漂来漂去。

真是的，世界果然是不公平的吧！可是她不甘心，一定要为自己扳回一局！

为什么就没有人喜欢她呢？她明明这么多才多艺。

她居然少见地流泪了，一流就止不住。这是十年来囤积的心酸。这十年，她一直委曲求全，为朋友争取一切，可关键时刻，墨尹居然……

幸好，星墨尹没有挑战她的底线。小学的同学录上，大家都在"最讨厌的东西"这一栏填了"背叛"，包括墨尹。可是桤汐最讨厌的不是"背叛"，而是"禁锢"。

眼泪无声地流了半小时，桤汐发誓，这是她又一个十年的开始！这次哭过之后就不许哭了，她再也不要做那个善良到可以原谅朋友一切过失的孩子！

第十三章
分　裂

你把整个班想象成一块玻璃，有
一天，中间的部分被一粒石子砸中，
碎掉了，随后裂纹向四周蔓延。

　　槿熙觉得最近班里的气氛不太对劲，充满那种难受的窒息感，她简直想一直待在自己的结界里不出来。

　　原因她并不完全清楚，只知道最近大家和菀轩闹得挺僵。毕竟，谁也经不住墨尹那样的洗脑。好吧，不得不承认，槿熙被带进去了，也开始对菀轩挑刺、挑刺再挑刺，也开始觉得菀轩的一举一动都很恶心，也开始觉得菀轩一天到晚在装清高装了不起……

　　好吧，不得不说，槿熙对菀轩的印象已经彻底地颠覆了。

　　不对，除了这种讨厌的、令人窒息的气氛，还有一种更为凝重的气氛……

　　桄汐、于荨、墨尹和子夜……不正常！

以前亲亲热热的四人最近怎么啦？翻脸不认人的。平时总是笑嘻嘻的椋汐今天却一脸冷漠，于荨也抿起了嘴，而墨尹则是一副生气的样子。

"你们怎么啦？"槿熙问看上去没那么生气的椋汐。

"要你管？烦死啦！"椋汐没好气地说。

"你知道她们怎么了吗？"槿熙厚着脸皮去问菀轩，本来她是不屑于去的，可是现在还是获取情报比较重要。八卦之心，人皆有之！

"她们嘛，就是这样，一天到晚吵！"菀轩愤愤然，"真不知道她们到底要干什么！你也真是，她们的事情，你不需要管！她们的事情不值得你管！"

"哎，你没事对我发什么火啊！神经兮兮啊！"槿熙有些恼火，骂了一句打算走。

"我发火？我哪里有发火？！"菀轩倒是当真了，"莫名其妙，打听八卦你自己去问当事人啊！"

"你吞火药啦？！"槿熙懒得搭理菀轩，转身就走。

"你……"菀轩的眼角泛出了泪花，直接跑向了门外。

"别搭理那个自恋女，她老觉得世界都该围着她转。"于荨对槿熙说，"大好时光就这么被她给毁了！"

"还好啦，只毁了一个早晨。"

"不止呢！"于荨一副神秘兮兮的样子，"刚才，椋汐折的一千只千纸鹤不见了，你知道吗？"

槿熙终于明白早上听到的一声惨叫是怎么回事了。

于荨不理会槿熙，自己说下去："我问了昨天晚上轮到倒垃圾的玄枫，玄枫说她去倒垃圾的时候发现地上散落着一些千纸鹤，但倒完垃圾回来，千纸鹤都不见了。她回宿舍的路上看到了夹竹桃。这一定是夹竹桃干的！刚才我去上厕所，每间都有人，我只好去那个冲水系统坏掉的隔间里将就一下，竟然发现里面散落着两只千纸鹤，垃圾桶里也有几只，水面上还漂浮着一些彩色碎纸片！我叫椴汐和墨尹来看，椴汐确认散落的千纸鹤就是她的，碎纸片的颜色跟千纸鹤的一样。一定是夹竹桃把椴汐的千纸鹤扔进去，打了一桶水冲掉了。"

"这么变态？"槿熙惊叫。

槿熙立刻去厕所查看了一下，情况和于荨说的都符合。回教室时，她正好撞见椴汐、墨尹和于荨押送着一脸不屑的菀轩往办公室走去。

有好戏看了！槿熙兴奋地想，她打算悄悄地钻到结界里，然后偷看。她立刻向空中一抓，掀开了结界的一角，打算钻进去。

"等等我等等我！"忆风突然跑来了，"我也要看好戏，带我一个！"

槿熙二话不说，把忆风放了进来。

"呼，谢谢。"在半透明的结界里，忆风喘着气，"真心想看夹竹桃挨骂，你觉得呢？"

槿熙点点头，慢慢地移动，进入了办公室。

"于老师，今天早上，我发现……"椴汐正在讲述整个事件，她的脸色很苍白，那一千只千纸鹤虽然说不上贵重，但也是她好几天的心血啊，"千纸鹤……没了！"

"然后呢？"于老师追问道。

"然后，我们去问了玄枫，她说……"墨尹详细地把她们从担心到调查到怀疑菀轩的过程讲了一遍，"然后我们就过来了。"

"星菀轩，是这样吗？"于老师问星菀轩。

"不是。"星菀轩很不要脸地否认了。

可惜，于老师觉得证据不足以证明星菀轩就是那个"小偷"，只是教育了她一下，就放她走了。毕竟，高中老师懒得管那么多闲事。

"哼！"出了办公室，菀轩哼了一声，就走了。

"槿熙，我也跟你讲一件事情。"在结界里，看完热闹的忆风一本正经地对槿熙说。

槿熙点点头，看样子，又有好玩的咯！

"其实雪落很讨厌，你有没有发现？"忆风的表情瞬间变得严肃了，"她的八卦程度大家都知道，她说说也就算了，还写在一本本子上！"

"嗯……"槿熙犹豫了一下，"听上去……好像确实比较讨厌！"

"还有还有，我们不是去评选那个××××之星嘛，你看我们大家都是抱着玩一玩的心态，中不中没关系的，雪落就偏要中，一天到晚整理资料，嘴里念叨着什么'我一定要

选上'之类的话……"忆风继续说下去，一直说到上课
铃响。

> ……下午，干锅鱼让我和玄枫、子夜过几天一起去
> 给雪落和忆风的××××之星评选投票，大家都让我给
> 忆风投票，不要给雪落投票。菀婷说雪落又自私又臭
> 美，墨尹说雪落又八卦又爱惹是非，于荨说雪落和菀轩
> 一样讨厌……我该怎么办？我觉得，内讧归内讧，现在
> 可是非常时期，雪落和忆风是代表全班去争取荣誉，我
> 们高一星班一定要团结起来，一致对外！（不过我还是
> 决定把票投给忆风。）

槿熙在教室里写完今天的日记，长舒一口气，又把最后
一段看了一遍。自己真是有文采啊！特别是这几句："内讧
归内讧，现在可是非常时期，雪落和忆风是代表全班去争取
荣誉，我们高一星班一定要团结起来，一致对外！"真是妙
极了，虽说内讧不是一件好事……

唉，看这局势，真是令人担忧啊！菀轩被全班排斥，还
和墨尹、椟汐、于荨杠上了，而她们三个也只有在对付菀轩
的时候比较团结，其他时间好像也不那么要好了。雪落和忆
风的关系越闹越僵，其他人虽然处在这次分裂的边缘，但是
心情也是糟糕透顶。

"想什么呢？"露渲带着她的招牌微笑走来了。

槿熙摇摇头："没事，心情不太好。"

"我也是，一定是那个夹竹桃搅了我们的好心情。"露渲点点头，去找梦渲了。

"梦渲。"露渲收起了自己的招牌微笑，脸上的表情瞬间凝重了。

"不要烦我，本姑娘在玩飞行棋呢！"

"不要玩了，我跟你说件事。"

"不听。"

"哎呀，晚上回宿舍陪你玩五局飞行棋啦！"露渲拉着梦渲的手摇来摇去。

"不要不要！"梦渲摇头。

"我要说一件很重要的事！"露渲硬把梦渲拉到了教室外面。

梦渲一只手被露渲拉着，另一只手还在绝望地伸向飞行棋。

"你有什么事啊？这么急！"

"你有没有发现……"露渲顿了一下，似乎在组织语言，"最近班里不太对劲？"

"嗯……是哦……"梦渲也严肃起来。

"你看，大家都不对劲，椵汐、于荨、墨尹和子夜正在内讧，菀轩被全班排斥，雪落和忆风也互相憎恶，已经牵扯到一半多的人了。"露渲的表情凝重了，"这……终有一天会牵扯到我们的！有朝一日，我们也会像雪落和忆风那样互相憎恶，昔日好友反目成仇！你不想这样吧？"

"可是……"梦渲有点儿担心,"怎么可能呢?我们……怎么可能牵扯到我们呢?她们的事情,和我们没有关系啊!"

"你想啊,"露渲严肃地说,"你把整个班想象成一块玻璃,有一天,中间的部分被一粒石子砸中,碎掉了,随后裂纹向四周蔓延。在这个班里,不可否认,椋汐、子夜、墨尹、于荨和菀轩是中心部分,而我们处在中心到边缘的部分。她们碎了,我们还能保全吗?雪落和忆风所处的位置和我们差不多,现在她们也碎了。我们,恐怕过不了多久也会碎掉的!"

"那怎么办?我……我不想碎掉啊!"

"我们要逃走。"露渲轻声说道,恍若梦呓。

"逃?往哪儿逃?"

"逃……"露渲陷入沉思,她自己也完全没有头绪。

"我要回家……"梦渲的脸垮了下来,"我不要碎掉!我要回家去!等风暴平息后再回来……"

"回家?"露渲的嘴角牵起一抹苦涩的微笑,"期末了,干锅鱼不会放我们回家去的!我们只能封闭自己的精神,才能勉强逃过一劫。"

梦渲一脸呆滞地看着露渲,眼里写满了"我听你的"。

"我们不要与外界接触,这样,精神就不会垮掉,就不会被卷进去。"

"不懂……"

"手机关机,不要与我们俩之外的第三个人说话,除非你不得不说，尽量不要听别人的议论……闭上眼睛，捂住耳朵……”露渲把梦渲的眼睛用手蒙起来，“就像这样。”

“知道了。”梦渲躲在黑暗里点点头。从小到大，她和露渲都是最要好的朋友，露渲比她大了七个月，她把露渲当成一个大姐姐来看待。露渲比她早熟，比她先懂得世界的黑暗面。一直以来，不管遇到了蟑螂还是麻烦事，梦渲只要闭上眼睛，藏在露渲的身后就可以了，露渲会解决一切的。

露渲叹了口气，她觉得梦渲还是一个小孩子，眼睛里写满了天真。作为最要好的朋友，她一直领着不懂事的梦渲前进，希望这一次是自己最后一次捂住梦渲的眼睛。

与此同时，教室里在上演激烈的争论。

“你们两个什么意思？”楱汐站在子夜和墨尹的面前吼道，“话剧需要你们，团队需要你们！”她没有说下文，她知道两人会明白。

果然，两人脸色骤变，过了一会儿，墨尹才反应过来，冷眼对楱汐说：“我有我自己的意愿，就算团队有需要，我也有选择的权利吧？我知道你对话剧很看重，但我也对跳舞很看重，你知道我喜欢，那请尊重我的想法！”

“对啊……”子夜轻声说道，“这是我们的爱好啊，你……你也不能改变的，是不是？你不是常说不要太在乎别人的感受吗？”

“可是你们……唉……”楱汐有些语塞，她缓慢地闭了闭眼睛，再次睁开，眼中多了一分耐心，“话剧，比跳舞更需要你们！你们是那里的几分之几？你们是我们的三分之一啊！有时候，你需要想一下谁更需要你而不是你更需要谁！"

"喂……"墨尹说了一个字，就被打断了。

"之前是我态度不好，我道歉。"椋汐鞠了一个九十度的躬，"对不起了。我希望你们可以试着将心比心，以前我没有将心比心，我再次道歉。"椋汐又鞠了一躬。

"既然知道自己不对，还问什么？"墨尹冷冷地回答。

"讨一个说法。"

"讨什么说法啊，不是告诉你了吗？！"子夜有点儿委屈，不断拉扯着自己的衣角，"你无法改变我们的想法的！"

墨尹也有点儿发火了："话剧顶多不排了！你知道跳舞少两个人会是什么结果吗？你开心了，我们却要承受非议！你就不能替我们想想吗？"

"当初是谁提出来要排话剧的？！"椋汐气得火冒三丈。

"子夜，我们走！"墨尹一把拉着子夜走开了，"谁要跟她计较！"

"椋汐，你不要试图去说服她们，你们都有错，也都有对的地方……"在于荨房间的瓶子里，于荨试着安慰失魂落魄的椋汐。

"我不管我不管！又不是我去刁难墨尹，也不是我有了更好的朋友就冷落墨尹……她却……已经抛弃了我们俩。这倒不是最重要的，反正我看得开，可是你呢？"椋汐望向于荨，"你能释怀吗？你能忍受吗？你太……太看重墨尹的想法了，她嘲讽你那么多次，你就不生气？"

"你不也这样吗……"于荨嘀咕。

"我？是哦……可是……"桵汐低下头，"于荨，我想哭……"

"哎呀，别哭，你怎么能哭呢？你不是很乐观，从来不哭的吗？这可不像你。"于荨有些笨手笨脚地安慰桵汐。

"我是人，你也是人。"桵汐抬起憔悴而苍白的脸庞，"你懂我的意思吗？"

"我懂。"

"你确定你懂吗？"

"不确定。"

"你觉得是什么？"桵汐的脸上浮起了一丝惨淡的微笑。

"嗯……"于荨思索片刻，最后深吸一口气，得出了结论，"我们都是人。"

"不是啦，我告诉你。"桵汐笑了一下，"我是人，我有七情六欲，可以哭。你也是人，你有脑子，你应该懂我的意思。就是这个意思。"

"啊？"于荨听得有点儿云里雾里，一看，桵汐已经眼泪汪汪了。

"你真的要哭？"于荨怀疑地问，做了十年闺蜜，她还真的没见过桵汐哭。

桵汐怔了怔，上次不是对自己说不哭了吗？可是忍不住，这段时间受的委屈太多了……鼻子一酸，一颗泪珠就滚了下来。

"唉……"于荨叹了一口气，她也想哭了！

如果说墨尹和椋汐之间的纷争是在剑拔弩张之下带着温情的，那么雪落和忆风的争执就是充满血腥味的了。

"来一下我房间。"雪落把手插在裤兜里，对忆风勾勾手指。

"干什么？"忆风非常警惕。

"跟你说件事。"雪落看样子有些烦躁。

忆风跟了上去，走到了雪落的房间里。雪落一进去，就坐到了一个树枝上，面对着忆风。

"你为什么讨厌我？"雪落神色平静地问。

忆风犹豫了一下，是说还是不说呢？说的话，雪落会不会生气？不说的话……她有算计的习惯。忆风最终决定保持沉默。

"你为什么讨厌我，为什么要跟别人那么说我？！"雪落的声音中压抑着怒气。

忆风不说话……

第十四章
晚会与期末考试

我不知道友谊的小船会不会说翻
就翻，但我知道期末考试怕是要有麻
烦……

　　槑汐和墨尹不断地争吵，于荨不知道怎么办，她不想得罪任何人，只能轮流陪她俩流眼泪。

　　她们都有错，都有对；都有可怜之处，也都有可恨之处。她们明明很想和对方和好，却不肯说。

　　于荨房间的瓶子里，残留着她们的泪水。

　　子夜选择沉默，菀轩选择沉默，梦渲和露渲选择沉默，槿熙选择沉默。在这场大战中，她们都不愿被卷进来，尽管子夜和菀轩已经被卷进来了。

　　最近忆风也有点儿奇怪，鬼鬼祟祟不知道在干什么。雪落说，忆风要陷害她。

　　于荨善良天真，她轻易相信了这句话。忆风也确实总用恶毒的眼神望着雪落。一时间，忆风遭到了像菀轩一样的待遇——全班排斥，这想必是雪落的目的。这个年龄的孩子正值青春叛逆期，渴望自己判断是非对错，讨厌一切报复心强的人。

至于菀婷和玄枫，她们倒是成功地没有被卷进来，只是单纯地凑着热闹而已。

最近几天，忆风很郁闷，并不是因为被排斥——她还没注意到这件事，而是因为她经常被整。她怀疑是雪落干的。不过，对方的恶作剧没有一点儿水平，无非就是胶水、图钉一类的玩意儿，她当然没中招，但是也很烦躁，毕竟每天提心吊胆地生活也不轻松。她猜不透为什么雪落要用这种没技术含量的方法来报复，她不敢轻举妄动，她觉得有阴谋。她唯一能做的就是狠狠地瞪着雪落，表达自己的厌恶！以前，她是不会轻易表达自己的感受的，她会用更加精准隐蔽的方法去对付。但是这次她留了一个心眼儿，她想，这是不是雪落下的一个套呢？要是实施报复，雪落说不定会恶人先告状，那自己可就中计了……嗯，没错，还是像现在这样瞪着她最安全也最解恨。唉，最近烦心事可真多！自己和雪落马上就要去竞选那个××××之星了，虽然嘴上说不在乎，其实心里是很想赢的！雪落做了那么多准备，自己恐怕……嗯，暗地里准备一下吧……

雪落确实很用功，她想赢，她毫不掩饰这一点。她觉得忆风很虚伪，明明想赢，却不说出来。雪落早已设想好了忆风的所有反应，才能如此从容。忆风可能会想到雪落没那么简单，但绝对想不到她有这么复杂！

　　高一星班有很多同学获得了元旦晚会表演资格，椋汐和子夜唱歌，椋汐、于荨和菀轩笛箫合奏，子夜和墨尹跳舞。雪落对现在的局势了解得很清楚，话剧没入选，墨尹和椋汐之间不会再有新的争斗，接下来只要让时间抚平伤口就可以了。那是不是说，这场内讧快要结束了呢？

　　就在第二天，雪落对忆风的幼稚的整人行为终于停止了，那个××××之星评选也在早自修时正式结束。雪落赢了，长久的准备敌过了忆风的临时抱佛脚。忆风怀疑雪落是因为这个评比才屡次骚扰自己的，但不管怎样，忆风都很高兴，终于忙完了，又可以和同学们聊八卦了。只是，大家看她的眼神为什么都含着敌意？也没人和她一起聊天了。自己似乎被排斥了。得出结论的忆风很是不解，好端端的，怎么会被排斥了呢？这个问题，慢慢思考吧！明天不是还有晚会吗？好好玩玩吧！她还是很期待这个晚会的。

　　是啊，谁不期待呢？于荨有些激动，明天她将登上全校的舞台，吹响手中的箫。她希望自己足够自信，不要怯场。据说表演完毕，学校还会发零食，操场上将会点起篝火！每个班都要摆出一个小小的创意摊位，星班的是幸运大转盘，真是期待呢！于荨很早就睡了，在睡眠中时间会过得快一点儿的吧！

　　仿佛一眨眼，第二天就到了。于荨走过大礼堂的时候，看到很多人在准备道具。她无疑是很高兴的，就是快要飞起来的那种高兴，连上课都是微笑着的。她就这么神志恍惚地过了一天。

晚会在六点钟开始，大礼堂却在五点半的时候就已经热闹非凡了。笛箫合奏排在第五个节目，于荨和菀轩刚一出现，就被老师拉去换衣服化妆了。椋汐和子夜的合唱在第三个，椋汐必须先到唱歌那里去报到，唱完歌后得赶紧换好第二套衣服去吹笛子，时间很紧。于荨和菀轩一直在后台做准备，一等椋汐下台，就拉她去换衣服。因为有两个人帮忙，椋汐三分钟就换好了衣服。

所有节目都很顺利，于荨几乎玩疯了。她还喝了一点儿其他班摊位上的杨梅酒，有点儿醉醺醺的，一会儿隐身，一会儿又恢复正常。好在这是魔法学校，大家也都见怪不怪！有一次，她正在隐身的时候，有人打到了她的头。于荨立刻揍了那人一拳，反正人家看不到是谁揍的。

在晚会的欢乐氛围中，所有的不愉快都被抛到了九霄云外，忆风和雪落、墨尹和椋汐自动和好了。至于她们具体是怎么和好的，大家就都不得而知了。

于荨对此感到很欣慰，她一改平日文静的本色，拉着两个闺蜜到处玩，到处疯。她深知，过了今日，期末的复习压力将会占据她们所有的空余时间。

果然，接下来的日子就变得苦不堪言了，各种试卷、各种作业简直让她们喘不过气来。于荨唯一的动力就是寒假。她总是想，多少天后我就放假了，就可以让自己舒坦一点儿了。

当最后一门考试的交卷铃声响起时，于荨忍不住欢呼了起来。紧接着，整个考场的学生也跟着欢呼起来，一浪接一浪。最后，全校都洋溢着兴奋的欢呼。星子魔法高校沉浸在欢乐的海洋中，有同学甚至把自己的课本给扔到了楼下。虽然不是高考，但是期末考试的压力也是很大的啊！

这天晚上，学校不检查寝室。尽情狂欢吧！这是对自己过去半年的告别仪式。不少人彻夜未眠，牵着手在操场上散步。

"终于放假了！"于荨大喊，和棨汐、墨尹抱作一团。

"对啊，放假了！"棨汐神采奕奕地说，"寒假将会是多姿多彩的！"她把那只用草稿纸折的纸飞机扔了出去。纸飞机越飞越高，乘着风，沐浴着月光！

在回教室的路上，于荨的脚一直在抖，她不敢相信自己真的站在这里，站在寒假里！不过这是真的，并非梦境。暑假时她还一直担心自己不能适应新学校，现在看来，完全没有问题啊！

第二天，她们便买好了机票，登上了回家的飞机。啊，于荨觉得这简直就是一个美好的梦！梦中有魔法，有朋友。她试着隐身，成功了。这不是梦啊！

于荨、墨尹和棨汐很幸运地买到了同一排的座位，与她们坐同一班飞机的还有露渲、梦渲和菀婷，她们也一再表示，这真像做了一个长长的梦。

"你的生日快到了，打算怎么过？"墨尹喝着咖啡问于荨，蓝紫色的发丝几乎要浸到咖啡杯里了。

　　"不知道。"于荨耸耸肩，显得有些愁眉苦脸的——她一向没什么主见。

　　"我们去玩密室逃脱怎么样？"棋汐提议，"带上梦渲、露渲和菀婷一起去呗！"

　　"密室逃脱太难了！"于荨抱怨，上次去玩密室逃脱的时候，差不多就是在做数学题！有超级多道密码锁，一个小时的游戏时间里破解密码锁的时间就占了五十分钟。

　　"飞、隐身、读心术、调节温度、时间停止、硬化……这些还不够吗？"墨尹好心提醒，同时露出一个看似"阴险"的微笑。

　　"你确定回到我们的小镇还可以用魔法吗？"

　　"不信你待会儿试试！"

　　下飞机的时候已经是十一点半了，她们三个便在机场的快餐店解决了午饭。于荨试了试自己的隐身魔法，成功了。

　　回到家，回到熟识的小镇，这真是一件令人愉快的事。

　　就这样怀着憧憬，一鼓作气向前冲！今天的不愉快不当紧，静待明朝，明天，会更好！

第十五章
一切的一切

一切都过去了吧……

冬日的清晨，菀轩躲在自己的小房间里，桌上摊开着一本硬皮日记本。阳光躲躲闪闪地射进窗帘缝，照在有些发黄的纸上，显得格外宁静。

这是菀轩一学期以来的日记。

她就着和煦的阳光，一页一页地翻阅，终于翻完了整本日记。

菀轩深吸一口气，倒在椅子靠背上。

那段时间真是可怕，可怕到让她难以忘怀。面对全班的排斥，她又能做什么呢？她又如何做呢？她知道自己的悲惨境遇是拜墨尹所赐，可是自己哪里做得不好？同学们为什么要这样对她？

桉汐在QQ上告诉她，是因为她老咬笔头，看书吃零食，大家觉得恶心才开始排斥她的。还有就是，她太无聊了，每次跟她说八卦，她都只是淡然地回答"哦""无聊"或者"无所谓"。可这就是她淡然的生活态度，不行吗？菀轩有些愤愤然，难道像她们那样一天到晚谈那种无聊至极的八卦就很好吗？

她叹了口气，希望下学期不要继续这样。

但是咬笔头和看书吃零食的性质就相当于梦渲的冲动或者子夜的唠叨，人总是有缺点的，不是吗？厌恶别人的缺点时，怎么就不能想一想自己的缺点呢？

可悲的人生！她不是指自己，而是指班里的其他人。人生，似梦似幻，多么奇妙的生命历程！她们，生在这世上，却不知自己从何而来，世界从何而来，岂不是很可笑？她也不知道这些问题的答案，但她知道这些问题的存在！

菀轩有些烦躁，瞬移到家附近的公园。寒冬，草木不算茂密，但这里有一种曲径通幽的感觉。清晨的公园里，一个人也没有，暂时地，这里是她的天下。

下雨了，雨丝沁凉沁凉的，怯怯地打在菀轩的肩上。小雨沙沙地下，又细又柔，正如她多愁善感的少女情怀！也许这一生，她就不讨人喜欢；也许这一生，她就不会讨人喜欢。此生她就是她了，就是那个淡然的星菀轩，就是那个看似缺少青春活力，成天与学习做伴的眼镜妹。但她也会在房间里对着镜子臭美，也会有自己的暗恋对象，也会幻想住着王子的城堡。盈满梦幻的眼睛，藏在厚厚的镜片后面，无人问津。

小小的姑娘，站在青春最初的路口，燃尽一腔孤勇。

这便是她自己吧！

小雨渐渐变成了小雪，一点一点的雪片覆盖在雨水的泪痕上，融化，成为新的泪。她伸出手，抬起头，迎接着纷纷扬扬的雪花。雪越来越大，她有点儿冷，但不曾退缩。

雪片最初会融化，到最后，才能积攒起薄薄的一层。

菀轩最初是接受，到最后，才能积攒起薄薄的孤勇。

风啊，又在持续不断地吹着，吹着，吹着！而她不是风，她是那一抹小小的新芽，尽管被繁花嘲笑，但仍然幻想着自己的美好，努力生长，开出梦想的花，结出理想的果。

一切的一切皆在此刻！

后　记

我是椋汐，文中星椋汐的原型。

这本书我写了差不多两个月，进展有一点儿慢。星座的故事是我很久以前就想写的，而我也确实写了出来。

以十二个星座为主题的作品，大多是男女对半分的言情故事。有些星座因为名字给人先入为主的印象，相应的人物往往被设定为男性，射手座就是这么一个倒霉的星座。

看星座故事的大多是姑娘，因此我就产生了写星座小说的想法，人物全都是女生，为了替那些常常被设定为男生的星座扳回一局。魔法纯粹是一时兴起才添加的一点儿作料。

好了，回归正题。说实话，我的梦想并不是成为作家，但我确实对写作怀抱着极大的兴趣。有了兴趣，我就去行动，终于，在六年级的暑假完成了我的第二部小说。那些人物大多是有原型的，故事也有部分源自生活经历。不然那么多人和情节，我怎么能想得出来？

写完这本小说，我意外地发现"对自己宽松，对别人严格"的脾气渐渐好转了。开始，我几乎一直围绕着射手座来写，有什么好事都想安排到星椋汐身上。写到后来，我竟然发现，自己越来越为其他星座着想了……

　　嘿，也没什么好说的了，祝喜欢这本书的人也能得到星子魔法高校的录取通知书，交到另外十一个亲密无间的朋友。

　　顺便一提，这部小说有续集！

　　最后，感谢百度贴吧支持椋汐的各位吧友，感谢给我鼓励的家人朋友们。祝有梦想的孩子们梦想成真！